JN044685

# 意味のない記号の詩

## ローレン

牧野楠葉

目次

# ローレン
# 意味のない記号の詩

君は自分を憎んでいるから、人間を憎んでいる。君の純粋さは死に似ている。君の思い描く革命は、われわれの革命とはちがうのだ。君は世の中を変えようとはしない、爆破しようとしているのだ。

——サルトル『汚れた手』　エドレル

午後三時四十五分。

健《たける》が面会室に入ってくる。父親と母親、思わず、バッと席から立ち上がる。

「あの……久しぶりね」

母親が繕った笑みを浮かべて健に話しかける。

「着替え、ないでしょう。差し入れ、しといたから」

「……どうも」

「ねえ、ちゃんと食べてるの？　少し痩せたみたいだけど……それから、あの、弁護士さんもね、健が、酷いいじめにあってたっていうの、そういう状況っていうの、考慮……考慮っていうか、まあ、してくださるみたいだから」

父親、硬い表情を崩さない。

だが、おもむろに口を開く。

「……お前が、家の貯金全部盗んだのがわかったとき、勘当とか、そういうこと言ってなかったらなと思うとな、俺にも責任」

「あのさあ‼」

場が凍りつく。

「なにを今更家族ごっこしようとしてんの？」

「いや、違うの、健、聞いて、精神鑑定とかで減刑だってあり得るかもしれ」

「もう終わってんだよあんたらとは‼　こちとら‼　もういい？　帰ってくんない？　遅い遅い‼　はい！　もうこれで全部おしまい‼　二度と来んなって。いいな？　テメーらも犯して殺してやろうか？」

「……」

「怖いだろ。僕のこと怖くて怖くて仕方ないだろ」

「……なあ健」

父親が再び口を開く。

「やっぱり友田がお前をそそのかしたんだろ、そうなんだろ？　だって轢かれた真百合《まゆり》ちゃんの死体をその……なにもあんなに……」

「死体の首絞めて犯しました。既に死んでたのに首絞めると漏らしたんだよあいつ。それがなんか面白くて‼　汚ねーしビショビショだし。僕何回もヤッちゃってさあ‼」

「健。友田の影響だろ。何度も会いに行ってたときに、なんか、言われたんだろ。そうなんだろ。な、そうなんだろ‼」

父親、テーブルを叩く。

アクリル板の向こうの職員が振り向く。

父親が言う。

「……すいません、失礼しました」

職員、少し首を横に振って、また書類の置かれた机に向かう。

「違うね」

健、爆笑する。

「なにが違うんだ」

「なにもそそのかされてない。あれは僕の意志で全てやったこと。まあ……友田さんは僕にとってのメンターだったけど……全部教えてくれたんだよ。マトモかクズか見分ける方法。クズのあんたらが全力で見てないふりしてたこと全部」

「あんな狂った殺人鬼のどこがよかったんだ、答えろ、健‼」

「あーあー。うるさいうるさい。興奮しないでください。ウザいから。友田さんは欲望に忠実なだけだよ。大体、この世界が全部おためごかしってこと、叩き込んでくれたんだ。学校とか、評価とか、病気とか、障害とか、どうでもいいんだって。殺人鬼志望なら殺人鬼に『なりすませ』って言ってくれたとき僕は本当に救われたよ……こんなクソみたいな人生でも役割を見つけられるってこと」

母親、泣き始める。

健、その様子を見てため息をつく。

「はー。マジで死んでくれませんか？　交通事故か通り魔か轢き逃げでもなんでもいいからさあ……。僕の大量殺人？　そんなもんになんかの意味つけたかったらおたくらで勝手につけてくださいよ‼　偉そうな専門家がしたり顔で語るだろうね‼　でも、ほんと無意味なもんだから！」

職員が言う。

「時間です」

健、立ち上がる。

「健、健、行かないで、ねえ、お願いだから……」

母親、我を失ったように泣きじゃくる。

父親、険しい顔をしながら、母親の華奢な肩に手を回す。

「母さん、もうこいつはダメだ。国が真っ当に裁かないと無理だ。俺らの手ではもうどうにも……」

「そうだよ。馬鹿みたいに被害者ヅラしてるあんたらには永遠に僕のことは理解できない。頭悪りぃんだな、あんたらは。じゃ、まあ、さようなら」

健、わざとらしく、ふたりに一礼。

そして、職員に連れられ、面会室から出て行く。

「健……‼」

母親の絶叫が静かに響く。

＊

適当に引っ掛けていただけだったから、血の重みでマスクが地面に落ちた。体育館の裏で殴られている間にいつも考えているのは、今描いている絵の続きのことだった。深緑を足す。藍色を混ぜる——。そう考えていると、こいつらはいずれ飽きて、学生鞄を背負い直して、帰ってしまう。それでいい。今は三月。だから、あと四ヶ月。四ヶ月で、受験期の夏がやってくる。そうすると先公がキーキー言い始めるので、そこからはこいつらも少しは落ち着くだろう。僕は来年の春から美術科のある高校に入学し、この過去とも縁を切るつもりだった。

しかし、今日は勝手が違った。

「真百合……⁉」

幼稚園からの幼馴染の真百合がグループの奴らに引き摺られて、羽交締めにされ、もう下着が見えてしまっている。

「健、助けて……!!」

真百合は僕の初恋の人であり、これからもそれはずっと変わらない。少し自閉傾向のあった僕をなにかと気にかけてくれた優しい娘《こ》だ。

「な、なな……なにしてんだ。頼む、お願いだから、真百合には手を出すな。頼む。なんでもするから……」

「自閉症のくせに今日はお喋りだな。ん？」

リーダーが僕の顎をくい、と引き上げてニキビ面を晒した。頼む、ともう一度頼んだとき僕の腹に強烈なキックが入った。そして真百合は――。

「ぎゃああ!!」

「うるせえバカ女。さっさと股開け股。お前の母ちゃんも売春婦なんだからよ」

無理やりパンツを脱がされ、白い尻は丸見えになっていて……。

「頼む、頼む、本気だ、僕じゃダメか？　僕を犯せよ!!」

「誰が男なんか。おい、早く挿れろ。急がないと先公来るぞ」

ウッス、と瓢箪顔の二番手がズボンを脱ぎ、真百合の中に性器を入れた。

僕と真百合は、全てが終わった後、横たわっていた。結局、真百合はあの後、六人にまわされた。夜の前の黄昏、うだるようで気怠い日差し。酷く陳腐な二人の虚ろな眼差し。街燈。

「……健、昔っから私がいつも助けてあげたのに、今日は、助けてくれなかったね」

真百合は僕だけに聞こえる小声でそう言って、寂しそうに笑った。長い髪は汗でずぶ濡れだった。

僕は、どうにもならなくなって、叫んだ。

＊

友田尚之《ともだなおゆき》、二十九歳。神奈川県座間市で九人をバラバラにした犯人。八件の強盗・強制性交等殺人、一件の強盗殺人、九件の死体損壊と死体遺棄罪で起訴された。

彼が自分をモデルに書いた小説がクラスで流行っているのは、なんとなく知っていた。タイトルは『ローレン』。SNSでバズっていた。クラス全員がスマホで読んでいたし、ツイッターのトレンドにも入ったのは知っていた。噂で聞くに、その小説は未完で、続きは友田しか知らないらしい。

だけど僕はまるで興味がなかった。真百合が犯されてからというもの、絵も、描かなくなってしまった。当たり前だが、真百合は僕に話しかけてくれなくなったし、廊下で鉢合わせたときも、避けているのがわかった。あれから、世界の全てが、見え方が、変わってしまったのだ。

何度も真百合に向けて「ごめん」と書いた遺書を遺して、自殺しようとした。だが、その度に母親が叫び立てて、このキチガイ、どうして私の息子がこんなことをするのと言って僕を狂ったように殴るのだった。

その度に僕は思ったもんだった。

ただの専業主婦のくせに、父親の稼ぎで生きてるだけのくせに、なんでこんな偉そうな振舞いができるんだろう……?

でも、虐待がひと通り終わったあと、母親は必ずピザや寿司といった出前を取った。

「……償いのつもりですか」

僕はそう言った。でも母親はそれに答えず、

「健、ね、これ食べちゃって。お父さんと三人で、ちょうど食べきれる量だから」

と、母親は、笑いながら明るく言うのだ。この女はサイコパスなんじゃないか、と僕はその度に真剣に思った。おまけに母親は全く掃除をしない、というか、できないひとだから、家は

常にゴミが詰め込まれた袋だらけだった。簡単に言うとゴミ屋敷だ。母親は、テーブルからのけるようにゴミを床に落として、ピザの箱を置く。

「ね、食べて食べて。ほら早くー。健のね、好きな、アンチョビかかったやつ。おいしいわよ」

そう言って、母親は無我夢中でピザにかぶりつく……

学習塾を営む父親は、そんな僕らに無干渉を貫いていた。

しかし一度、なにをトチ狂ったか、急にブチギレた母親が僕の頭に向かってテレビを放り投げて、テレビの画面がバキバキに割れてしまったことがある。

僕は放心状態になって、しばらく横たわっていた。あとから鏡で見ると、血がだらだらと流れて、しかも恐る恐る触ってみると、頭の表面の皮がずる剥けになっていた。

結果を言うと、僕は自分で救急車を呼んで、病院で二十一針縫ってもらった。

そして、病院から帰ってきたときの、母親と父親の会話がこうだ。

「テレビねえ……どうしようか、お父さん。ＷＯＷＯＷドラマも観れないと困るし、朝ドラだって最終回、もうすぐだし……」

「テレビは新しいのを買おう。シャープからちょうど新しいモデルが出てるから」

マジか。

こいつら、新しいテレビの話してる。

「……ちょっとちょっと、お父さん、なに言ってんだよ……なんでテレビの話してんだよ……僕、二十一針も縫ってるんだよ⁉　助けてよ……お母さん、マジで異常だから‼　このひとこの家から追い出してよ‼　このまま、こんなのが続いたら、僕、ほんと殺されるよ、このひとに……」

父親は、頭に包帯をグルグル巻いた僕を見て、言った。

「健、少しは自分が悪いとは思わないのか。お母さんをこんなに困らせて、どういうつもりだ。テレビを投げつけたのは、お前のせいだ。お母さんをノイローゼにしたのはお前なんだ」

「え……」

「大体、お前が自殺しようとしてるからお母さんも参ってるんじゃないか。お前の自殺を止めようとお母さんは頑張ってるんだ。いつからお前はひとに迷惑をかける人間になったんだ。俺はお前をそんなふうに育てた覚えはない。そんなに死にたいなら」

父親はゴミにまみれた床から掃除機を引っ張り上げて、その紐で僕の首を思いきり締め上げた。

「苦しい苦しい‼　……なにして……」

どんどん酸欠になって意識が朦朧としていく……。

「お前は俺が殺してやる。これは家族の問題だからな。俺が刑務所に入ってやるから。大体、自殺されたら、世間体が悪いんだよ。育て方が悪いって、お母さんまで被害を被ることになるんだよ。俺が悪人ってことにしてな、家庭内暴力でな、お前を殺したってストーリーの方が、皆納得するんだ」

足が痙攣し始めて、体がいうことを聞かない……。

「お父さん!!　もうやめて、お願い……」

なんと母親は、目に涙を浮かべて、父親に懇願したのだ。

「健が死んじゃう……!!」

その瞬間、父親は手の力を弱めて、僕を解放した。

「お母さんがそういうなら……」

僕はゲホゲホ言いながらゴミの山に倒れ込んだ。

「健、もっと、生産的な人間になれ。大体、高校だってなにも美術科に行かなくたっていいじゃないか。これからはプログラミングと英語の時代だ。ビジネスを学べ。お前がその気なら、そういう塾に通わせてやってもいいんだぞ。いくつかいいところ、知ってるからな。大体、お前の下手くそな油絵に未来なんて、無いだろう?」

母親は床で泣き崩れている……。

僕は、なにも、わからなくなった。

僕はこのときのことを、死ぬまで、忘れないだろう。

＊

「おい」

また、いつもの体育館裏で。これが僕の日常。

もうどうにでもしてくれよ、と本気で僕は思っていた。殺してくれるなら殺してくれ。

「お前、この続き、友田に聞いてこい。わざわざコピーしてやったんだからな。コピー代かかってんだぜ‼」

「は……？　なんの話……？　友田……？」

「『ローレン』だよ。知らないのか？　知らないわけないよなあ‼」

頬を平手でぶたれて、僕はよろけた。

「どうやって続きなんて聞くんだよ……」

僕は力なく笑った。

「知らねえよ。お前の足りない頭で考えな‼」

そう言って、大量の紙が僕の上を舞った。連中が行こうとしていた。

「待ってくれ。……もし」

「あ？」

「もし‼」

僕は必死だった。

「もし、なんなんだ」

リーダーは半笑いで僕を見ていた。

「もし、この話の続きを聞いてこれたら、真百合に謝ってくれ。それから……僕への暴行をやめろ」

「ま。考えとくわ。じゃーな」

連中は笑いながら去っていった。僕は血眼でその紙切れを集め始めた。空を見ると、雨が降りそうだったから、濡れないように急がなければならなかった。

＊

僕は団地の一室にある自室で愕然としていた。

「なんだこれ……あまりにもくだらなさすぎるだろ……」

母親が買ってきたコンビニ弁当を食べながらあいつらが残していった未完の『ローレン』を

読んだのだ。

　なにより文章が幼稚だし、被害者たちの心情がまるで書かれておらず、ただただ神経症的に「死にたい」と言っているようにしか読めないし、これじゃまるで言葉の自動機械、つまり感情のないＡＩ、いやそれより酷い……。そんな彼女、彼らを友田尚之が記号のハンドルネーム《ニ》で釣り上げただけだろう⁉

　僕がなによりも絶望したのは、座間九人殺人事件の「意味のなさ」だった。

　僕は、１９９７年に起きた酒鬼薔薇聖斗《さかきばらせいと》事件《じけん》やその犯人である少年Ａに心酔しているうちのひとりだった。彼には確固たる自分の信じる幻想があり、それを実行しようとしてあれだけの素晴らしい凶行を働いたのだ。僕は彼の関連書を読み漁っていた。しかし少年Ａだけではない。僕はジェフリー・ダーマー、テッド・バンディ、ジョン・ウェイン・ゲイシーなど、世間を戦慄させた歴代の殺人鬼のファンだったのだ。殺人は芸術だ。想像力そのものだ。破壊することではなく、意味そのものを創造すること。社会を変革すること。だからこそ僕は殺人鬼ゾディアックの部屋よろしく本をあらゆるところに積み上げ、外界の空気が一切入らないようにしていた。

　油絵のセットもある。僕は毎日、切断された身体や、ぶらさがった片腕などの絵を好んで書いていた。僕は油絵だけには命を賭けていた。もちろん、絵を描くということは、うちの劣悪な家庭環境やいじめのはけ口としての意味もあるだろうとは思う。だが、あくまでも、僕にとって油絵は、自分の誰にも言えない個人的な幻想を己の技術によって精密に表現することができる一種の装置だった。絵だけでなく、そうした小説を書こうとも試みていた。まだまだ未熟だが。

枕の下に、ロッカーから盗んだ真百合の体操着があるのは誰にも秘密だ。真百合は、昔からの幼馴染ということもあり、母親の案内なしに日常的に僕の部屋にやってくるが、バレたことはない。

歴代の殺人鬼たちのように強く、そして勇気があれば、今の僕の狂ってしまった日常は、良き方向に向かう、真百合ともまた……と固く信じ込んでいた。僕は彼らに憧れるあまり、ダークウェブでスナッフビデオを買って、好んで鑑賞していた。僕のPCの中にある残虐極まりないデータのことは、クソな母親も父親も知らない。これは僕だけの世界だ。

僕が『ローレン』の残念すぎる文章を読んでショックを受けているとき、仲の良いスナッフビデオ愛好家からチャットが飛んできた。

@Xhhryru

三歳児（女児）の脚の切断動画入手しました、いりませんか僕は舞い上がり、すぐに振り込むので是非ください とレスを返した。気分を上げる必要があった。そしてPayPayで払おうとしたら残高が足りなかったので、急いでチャージした。

@Xhrryu
振込確認できました、ありがとうございます

「うーん……もうちょっと切断部分がよく見えたら最高なんだけどな……でもこれはこれで良いのか……血飛沫も下品な感じじゃないし値段分の価値はあるか……」

画面の中では、巨大な斧が上から降ってきて、スパーンと女児の脚が玩具のようにぶっ飛んでいた。ボンレスハムみたいだった。スカッとするこの瞬間がたまらなかった。

でもビデオを観終わった後、僕は学習机の下に潜り込んでぼろぼろと涙を流していた。なぜなら、これは自分自身の弱さを映し出していたからだ。自分は一体このビデオになにを求めていたのか……？　自分はこの生活になにを期待していたのか……？　だって、必ずそこにあるのは、絶望だったから。

そんなとき、いつも繰り返し思い出すのは、幼稚園のときの記憶だ……。

僕は小さいとき、本当に自閉傾向が酷くて、誰にも相手にされなかった。今と変わらず、昔も孤独に絵ばかり描いていたのだ。そんな中、僕に話しかけてくれたのが真百合だった。

「健くん、絵、凄いうまいんだね‼　これ、次の幼稚園の絵のコンクールに出してみたら？」

「いや……そんな……」

「出してみようよ！　天才だ天才。ピカソくんだ。うん、ピカソくん」

「ピカソくんって……」

「でね、あのね、うちのお母さんね、ちょっと秘密の仕事してるんだ」

「秘密の仕事？」

「……うん。誰にも言えないって、お母さんが」

「でも仕事とかなんでもいいじゃん」

真百合の目はそれまで虚ろだったのに、いきなり輝いた。

「……ピカソくん、ありがと‼」

結局、僕の絵は、幼稚園のコンクールで金賞を獲った……。


しかしそんな幸せな記憶に逃避しながらも、僕の頭の中を占拠していたのは、つまり、本当に気になっていたのは——犯人にとっても、単純に事件としても、無意味すぎる行為が何故九回も行われたのか、ということだった。本当にこれは無意味なのか？　この文章から汲み取れないなにかが、まだあるんじゃないのか？　未完の『ローレン』には、友田がどんどん死体の解体に慣れて、速くなっていく過程――最後の方は約二時間程度で終わったことが拙い文章で綴られていた。僕はなんとなく、引き出しからレターセットを取り出した……。

＊

「……あの、ちょっといいですか」

あいつらに普通にボコられてからの下校途中、僕はベンチに座っているオッサンに声をかけた。

オッサンは僕の顔の痣に驚いたようで、わかりやすく背中をビクッとさせた。

「毎日ここの公園で焼きそばパン食ってますよね」

「まあ……そりゃあ……食べないと死ぬからね……」

「スーツ着てますけど。ホームレス？」

「違いますよ‼　ただ、リストラされて、まあ、嫁と子どもに追い出されて、行くところもなくて、とはいえ簡易宿泊所とかにはたまに泊まってるよ！　そんでまあ、……現在に至るってか」

「ほぼホームレスじゃないですか」

「厳しいな、キミ……」

「仕事の相談があるんですけど。いいですか？　金ないですよね。多分断れないですよね。借金まみれっすよね」

僕はこの時点で、父親の箪笥貯金の全てを盗んでいた。幸い、まだ気づかれていない。まあそんなチンケなことはどうだっていいんだが……。

「……その制服、近所の、ってかすぐそこの丘乃咲の中学生だよねキミ。あのね。おじさんをからかうんじゃないよ‼　なんだ仕事の相談って！」

僕は財布から万札を何枚も取り出して、オッサンの膝の上に叩きつけた。

「ちょっと……これ……なんのお金？」

「仕事の報酬です」

「ええ⁉　こんな大金……どこかで盗んできたんだろ‼　なにしてんだキミは‼　通報するぞ‼」

通報、という言葉にキレた僕は突きつけた金の束をまた財布に仕舞ってそのまま歩き出そうとした。オッサンの代わりならいくらでもいるだろう。

「ちょっとちょっと……！　わかったって。待ちなさい。あの、話半分で聞くけどね……その、キミが言う『仕事』ってなんなの？」

僕はまくしたてた。

「ちょっと学校の夏休みの自由研究で。ヒト、九人バラした男に取材しに行くんですけど、僕、中学生なんで、ひとりで拘置所に入れないんですよ。あ、でも被告には一応面会の承諾、貰ってますから。承諾さえあればあとは保護者っつーんですかね、それが必要で。いやあもうこの面会の承諾を貰うために手紙何通も何通も送ったりね……まあ、色々したんですよ僕は。だからもう引き下がれないんですって。友田って男、知ってます？　座間のアレ。で、おじさんには雑誌社のライターって役割で同席してほしいんです。もう既に適当な名刺は作ってあります。そしたら合法的に拘置所入れるんで。質問とかはしなくていいです。なにも喋らなくていいです。内容は全部僕が考えてるんで、大丈夫なんで。ってか、ただ、隣に座ってるだけの仕事ですよ。簡単でしょ？」

オッサンは僕を下からじろじろ見上げた。

「……キミ、病んでるよ……病院、行った方がいいんじゃないの、初対面でこんなこと言うのアレだけど、ほら、頭の病院……」

「……」

「自由研究とか、嘘でしょ。あのね。おじさんはこれでも、一応四十六年生きてるんですよ。だから中学生の嘘ぐらい簡単に見抜け」

僕はオッサンの頬を思いっきりぶった。

「痛ッ‼」

札束がそこらへんを舞った。オッサンは頬に手を当てながら、惨めに背中を丸めて万札を拾い上げていった。

「やるんすね」

「……」

「やるんすね」

オッサンは怯えながら、おずおずと頷いた。

僕はニッコリと笑ってオッサンの手を固く握りしめた。

「よろしくお願いします‼」

*

そして、ついに、運命の日がやってきた。

素晴らしい快晴だった。

＊

流石に面会室に入るときは僕も緊張した。無意味か意味ありかはわからないけれど、相手は一応九人をバラしてゴミにしているのだ。そのうち八人の女性は失禁するまで首を絞められ、レイプされている。

僕とオッサン――どうでもいいけど苗字は多田《ただ》らしい――はじりじりして友田の登場を待った。そして、三分遅れで、友田尚之が僕たちの前に現れた。

「あはは」

座るなり、友田は僕たちを見て、緩く微笑んだ。

「中学生がオッサン連れてきたんですね。社会見学ですか？」

穏やかなニイちゃん。

それが初めての印象だった。

「ビョーキみたいに手紙何十通も送ってきたのはそっちの中学生の方ですよね？　確か、健くんって言いましたっけ」

「あの……」

と、弱々しくオッサンが言った。

「友田さん……からも言ってやってください。中学生がこんなことするの異常ですから……」

「黙れよクズ、どうせどっかのホームレスのくせに‼　雑誌社のライターなんて嘘だろ‼　お前から風呂入ってない匂いがプンプンすんだよ‼」

刑務官がその大声に振り向いた。

いきなり発せられた友田の圧力に、オッサンが萎縮しているのが明らかにわかった。

「ねえ健くん。俺、家ない奴嫌いなんですよ。ヒモだったとき、いつ女の家追い出されるか不安でしたから」

友田はアクリル板に顔を押しつけ、調書を取っている刑務官にバレないような小声で僕に囁いた。

「話したいなら三万差し入れてくださいよ。皆さんから一律で頂いているお金なので。健くん、俺のこと死ぬほど調べてきたんでしょう」

「預けてきました。もちろんです」

「あ。流石です。どうもありがとうございます。で？　死ぬほど会いたいひとに会えた感想はいかがですか？」

「……正直なところ、興奮してます」

本当だった。

それを聞いた友田は、へへ、と笑った。そして、メモ用にと、僕の持ってきた白紙の分厚いノートを見て、

「健くん、変態ですね、いや、同族ですかね……？」

と言った。

すると左隣に座っていたオッサンが突如貧乏ゆすりを始めたので、僕は舌打ちをした。

「どうせ、なんで殺したんだってことを聞きにきたんでしょう。聞かれすぎて、答えるのも慣れてきたんです。簡単ですよ。頼まれたんです。『殺してください』って。でも、手にかけた女たちは、俺のクソみたいな家族、特にギャーギャーうるさい父親の家から、引っ張り出してくれて、本当に感謝しかありません。俺がいつもの癖で万引きしようとしたらダメだよ友田くんとか言って、うーん……ほんと真面目でいい娘《こ》たちでした。はい。基本、俺にとって、人畜無害で『快』を与えてくれた女たちにしか手を出してません」

「いや、だから、それが意味不明で……いいひとたちだったんなら別に殺さなくても……」

「あのね、健くん。教えといてあげますけど、世界なんて全部所詮おためごかしなんだから、なんでもいいんですよ。なにしてもいいんです、無意味なことも含めてね。ああすればこうなるなんて必然性を本気で信じてるやつの方がバカですよ。大体ね、俺の場合は救世主だと思っ

ていますよ？　女のひとたちも死にたがってましたし。恩返ししただけ偉いと思ってください」

オッサンの貧乏ゆすりがＭＡＸに達して、テーブルをガンガンやるので、僕は怒りを込めて拳で膝を強めに殴った。

「アッ……」

友田はそのオッサンの反応を見て激しい口調でまくしたてた。

「健くん。そいつ、黙らせてください。鬱陶しいです」

それから僕の瞳をぐ、と見透かした。

「次の質問くださいよ。……こんなに暇なら、飽きます」

友田は大きく腕を上に伸ばして、欠伸をした。

だから僕は急いで学生鞄から座間九人殺害事件についてのデータやその他雑多な解釈が書かれた別のノートを取り出し、急いで、めくりながら言った。

「と、友田さん、あなたは殺人・死体損壊で捕まる前に、売春斡旋で一度捕まってますよね。そのとき、なにか焦りや焦燥感みたいなものは感じなかったですか？　『このままじゃダメだ』とか、『前へ進まなければならない』とか『今この状態ではまずい』とか……」

「健くん。質問あるんじゃないですか。さっさと言ってくださいよ。そりゃあ、もちろん、ありましたよ？　またパクられるんじゃないか、とか」

「有名な社会学者の方が言ってるんですが——人間には『自己決定能力』というものがあります。それは、試行錯誤して、自分の力で学び、またそれを取り込み、再チャレンジする能力のことです。友田さんの場合、それを『殺人』という行為の中で見出して、『成長』していったのではないですか？」

「そんなものは知らないですよ。お金が欲しかっただけです。大体、『成長』って。殺人で『成長』してどうするんですか」

「……わかりました。では、質問を変えます。あなたの『幻想』は、はっきりせず、とても人に共有できるものではなかった。それで、自分のトンチンカンな物語を無理やり人に押しつけるしかなく、被害者を殺した。違いますか？」

「違いますよ。俺はラクして生きたい、ヒモになりたい、ただ、そう思ってただけですよ。これ、別に変な『幻想』とか『物語』ではなくないですか？　万人共通が思ってることじゃないですか？」

「……」

「でも健くん。キミ、中学生の割に賢いんですねえ。でもまだまだと思いますよ。まだ頭で考えて喋ってる。対話っていうのはね、一緒に舞台を作り上げるようなもんなんですよ。価値観が合わないひととわかりあおうと努力することそのものが対話なんです。俺、もうホントわけわかんない女のスカウトやってたからわかるんですよ。その女の頭を洗脳して、引っ張り上げて、風俗に送り込む。例えるなら、演出家のひとが役者に無茶なことを言って、役者はそれに応えるために一度自我を崩壊させる。それで未知の自分を発見していくんです。その意味で健くんと俺はまだ同じ舞台に立ってない」

その友田の、偉そうで見下したような答えを聞いて僕はガッと頭に血がのぼってしまった。

「だったら僕はどうやってあいつらを殺せばいいんだよ‼　なんで僕はいじめられてんだよ‼」

刑務官が驚いたように振り向いて、僕は、あ、すみません、少し興奮してしまっただけです、と頭をしっかりと下げた。やばい。ダメだ。相手はたかが犯罪者だ。しかも、極めて凶悪な。

「はは‼」

友田は腹を抱え、僕を指さして笑いこらげた。

「わかりましたわかりました。今、はっきりとわかりました。健くん、あなたここに来て、俺に自己肯定してもらうために来たんですね？」

友田は椅子から立ち上がり、僕にぐい、と近づいてきて、急に真面目な表情をして言った。

「健くん、そうなら早く言ってください。なに理論ばっかり話しているんですか？　あなた、殺人鬼志望でしょう」

友田の目の色が変わった。

＊

拘置所からの帰り道、僕は俯きながら呆けたように歩いていた。

とにかく、心臓がバクバク鳴っていた。

友田は僕の心を確かに読み取った。取られた。

黙々と歩いていると、オッサンが、か細い声で僕に言った。

「ねえ、健くん、おじさん、相談乗るよ……キミの言う通り、ただのホームレスかもしれないけどさ、さっき友田に『どうやってあいつらを殺せばいいんだよ』って言ってたよね？　キミの顔の痣、毎回凄いし、いじめられてるんだよね？」

「オッサン、うるさいよ……」

「健くん！　聞いて。これは大事なことだよ。アイツの発言を真に受けたらキミまで洗脳されちゃうよ。だって、友田、九人も殺した凶悪犯だよ。いじめのこと、憂さ晴らしでもはけ口でもいいから、おじさんに話してみて」

「……オッサンに話してどうするんですか？　オッサン、僕をいじめてる奴ら、殺してくれるんですか？　それなら話しますよ、奴の住所とか。今からすぐ行って殺してくれるんですか？」

「……いや、殺しはできないけどさ……」

「じゃあ偉そうなこと言わないでください。僕の世界は変わりません。大体、オッサンに大金払ってるんだから、マトモに仕事してください。今度あんな貧乏ゆすりしたら本当にあなたのこと、ボールペンじゃなくて包丁かなんかで刺しますよ。あなたの仕事はあそこに黙って座っていることです。僕のカウンセラーもどきみたいなことしないでください。余計なお世話です」

＊

僕は帰ってすぐに、スナッフビデオ愛好家にチャットを飛ばした。

@Kyumnk
こんばんは。結構マニアックなスナッフビデオを探しているんですけれど——実際の殺人動画ってありますかね

@Xhhryru

ありますけど、どんな殺人動画がいいですか？

@Kyumnk
首絞めで、殺されたあとに失禁して、レイプしてるような。

@Xhhryru
座間みたいなやつですか？

@Kyumnk
はい、まさにそんな感じです

@Xhhryru
殺しからの失禁レイプとなると、長尺なので高いですよ、大丈夫ですか？

@Kyumnk
高くても大丈夫です

@Xhryru
了解です。今データ送りますね

@Kyumnk
ありがとうございます。ははは。流石に高いですね（笑）今振り込み完了しました

@Xhryru
振り込み確認できました。またなんか欲しいのあったら言ってくださいね。できるだけ探しますので

@Kyumnk
はい！　引き続きよろしくお願いします！

僕は友田が失禁レイプをなによりも好んだことを座間九人殺害事件のルポを読んでいたから、知っていた。もっともっと友田という人間について、知りたかった。

「健。部屋入るよ」

僕は画面に映し出された失禁レイプ動画に夢中で、他のことに気が回らなかった。だから、彼女──つまり、一番聞きたかったその声にも気づかなかった。

「これ……友田はこんなことをしていたのか……」

全裸の女がロープで思いっきり首を絞められ、ぐえぐえと悶えながら尿を漏らす。床はビショビショだ。顔は見えないが男がもっと力を込めて女の息を止める。それから男はセックスを始める。もちろん女の性器は濡れていないから、男は掌に唾を吐いて性器になすりつける。そして性器を入れられた女は死んでいるのにもかかわらず少し痙攣する……。

知らず知らずのうちに、僕はその動画を観ながら勃起していた。そしてズボンから自分の性器を取り出してオナニーをしようとしたとき、ＰＣの隣で佇んでいる真百合にようやく気づいた。

「……健」

「!!」

僕は急いでＰＣの電源を落とした。そして急いでズボンのチャックを上げた。

「はは……真百合、一声かけてくれたらよかったのに」

「声、かけたよ」

「あ、そう……」

「こういうの、観てるんだ、いつも。そんな風にして」

　真百合は明らかに僕を蔑んでいた。

「あ、いや、違うよ、たまたまだよ……今年の自由研究は座間市の事件について書こうと思ってるから、まあ、犯人はどういう気持ちなのかなって。深い意味はないよ。全然」

「私ね、時々、健のこと、わかんなくなる……だから、避けてたの」

　真百合は静かに泣き出した。

　僕はその鳴き声に苛ついた。

「健のお母さんとお父さんがおかしいのはわかる。前、大怪我したとき、頭縫ったのも、車とぶつかったって言ってたけど、違うんでしょ？　お母さんかお父さんがやったんでしょ？　ねえ、なんで私に相談してくれないの。健の家族は明らかに異常だよ。こんな殺人ビデオで発散してさ。病んでるよ、健。だから施設とかシェルターに逃げるとか、色々、まだ、選択肢はあるから」

「施設」

　僕は笑った。

「真百合、ありがとう。心配してくれて。でも僕、学校のやつらにもやり返すから。大丈夫だよ。こんな世界、一発逆転するからさ、もう真百合が犯されないように」

「……一発逆転って……健がいつか、こういうビデオみたいな犯罪をするんじゃないかって……私、思っちゃうよ……」

「するわけないじゃん。ごめん……今日はあんまり誰かと喋る気持ちになれないんだ。別に真百合が悪いってわけじゃなくて、色々考えたいことがあってさ。帰ってくれないかな」

「……ますます健のことわかんなくなったよ」

真百合は逃げるように僕の部屋から出て行った。真百合は僕を傷つけるかのようにあえて、強く扉を閉めた。

＊

食欲がない。だからなにも食べずにふらふらとしながら学校の廊下を歩いていると、急に美術の先生から呼び止められて、本気で驚いてしまった。

「えっ……なんでしょう……」

「ここで言うのもあれだから、職員室行こうか……」

「いや、ここでお願いします」

異様に悪い予感がして、冷や汗をかきながら俯いている僕を見て、先生は、じゃあここで、と言った。

「あのね、キミが行こうとしてる美術科、向こうの担当の先生から連絡があってね。キミ、来年の受験のために、油絵見せてたでしょう。でも生徒がいなくなって、そもそも美術科自体がなくなっちゃうみたいなの」

「……」

「でもね、落ち込まないでほしいの。独創性とか、色の使い方は抜群だったってベタ褒めだったわよ。だから、美術科のある高校だけを検討するんじゃなくて、部活なんだけど、美術に強い高校も紹介できるわ」

僕の目の前が真っ暗になった。

＊

最初の面会の一週間後の水曜日、僕はまた学校をサボって、オッサンと共に友田に会いに来ていた。

「友田さん」

「なんですか、健くん」

その日も、友田は柔和な笑みを浮かべていた。

「今日はちゃんとしたお願いがあります」

「お願い？　俺に？」

「はい。友田さんが、自分をモデルに書いた小説あるじゃないですか。『ローレン』。あれ、うちの学校、というか、国民全員が読んでるぐらいにバズってるんです。でも、『ローレン』、あの、未完じゃないですか。僕、その、友田さんしか知らない続きの部分を聞いて、貰ってこいって言われてて。じゃなきゃまた殴られて……幼馴染も犯されて……」

「へえ……」

友田は表情を変えずに言った。

「健くん、そんな苦しい状況にあるんだね。『ローレン』……。なるほど……。うん、あのね、健くん。俺、最近、スランプでね。小説、つまり『ローレン』……の続きを書けないんです。だから、ゴーストライティングっていうんですか？　代わりに健くん。キミが書いてください」

「え……僕ですか……？」

「あのね。教えてあげます。リアルなんてどうでもいいんですよ。だから、俺が書こうがキミが書こうが、関係ないんですよ。皆、騒ぎたいだけです。だから、健くんの書いた文章で世界を変えてみてください。『殺人鬼になりすます』んですよ。それで、その『ローレン』が完成したら、自殺したらどうですか。そんなに酷い状況なら」

「なに言ってるんですか‼」

オッサンが机をぶっ叩いて立ち上がった。だが、オッサンは友田の鋭い目つきにやられて、
また椅子に仕方なく座った。

「……確かに自殺も一つの手かもしれませんね」

僕は少し笑った。

「今だってもう、生きてるか死んでるかわからない状態ですから……」

「健くん‼」

「オッサン、うるさいです……」

僕はため息をついた。

「本当は俺が殺してあげたいけど、日本の法律では二人以上殺したら確実に死刑でね。もうすぐ俺、死刑囚だから。残念だけど。ごめんね、健くん」

そして、友田は刑務官に、

「時間です」

と言われて、立ち上がった。

「ああ、セックスしたいなあ……セックス……」

と友田はがらんどうの瞳で、でも心底からそう言って、面会室をふらりと出て行った。

＊

それから僕の快進撃が始まった。

友田の代わりに『ローレン』の続きを書くのは予想以上に楽しかった。友田の犯した犯罪を隅々まで想像して書くのだ。まるで、自分でスナッフビデオを撮影しているかのようで、実際これまで購入したスナッフビデオをただ観ているより快感があった。小説はＰＣさえあれば、全部自分の好きなように演出できるのだ。

しかも、毎日ネットに投下すれば、大量のリアクションが来る。ほとんどが気持ち悪い、死ね、頭狂ってんのか、友田を死刑にしろ、という反応だったけれど、ごく一部の人から、共感します、なんてレスも来て、苦しいのは自分だけではないと実感することができた。僕は、『ローレン』を書いているときだけ、生きている、と思うことができた。

＊

僕が今日更新分の『ローレン』をネットの海に放出してから、夕飯前に自室でスナップビデオの整理をしていると、父親が急に部屋の扉を蹴り飛ばして開けてきたので、僕は焦ってＰＣの電源を落とした。

「なにやってる」

「……なにも」

父親が物凄い剣幕で、しかし真顔で、貯金が入っていた箱をバーン、と床に投げ捨てた。

「勘当だ、健。中学卒業したらな、お前、この家から出て行け。うちはな、犯罪者を養うほど裕福じゃないんだ。大体、うちの貯金もお前が使ったたし。一体なにに使ったんだ」

「……」

「言いたくないなら、言わなくていい。もうお前はうちの子どもじゃないんだ。無関係なやつに色々聞いても仕方ないだろ。中学卒業までは居ていい。卒業後、どうするか、考える時間だけはやる。……お前が狙ってた、美術科のある高校に行けなくて、残念だったな」

父親が部屋を出て行って、しばらくしてから、なぜだか僕は、ヘラヘラと笑っていた。どうせこの件がなくても、高校には行けなかったし。勘当。喜んで。あんたらの下をようやく離れられる。笑いが止まらなかった。そのままの調子だと大声を出して笑ってしまいそうだったので、僕は掌で口を押さえた。でも、自分がなぜこんなに笑っているのか、わからなかった。嬉しいのか、悲しいのか、怒りなのか、もう、感情がぐちゃぐちゃになっていた。

＊

時期を過ぎた桜の花びらが地面に散らばっていた。

その日はちょうどいい気温で、サボるのにはぴったりの日だった。

僕はもうほとんど学校に行かなくなっていた。行く必要もなかったからだ。

朝、準備をしてリビングに降りる。

僕はそろそろ限界を感じていた。

だから、いつ噴火してもいいように、アマゾンで買ったペティナイフを常に持ち歩くようになっていた。

相変わらず母親からの虐待は続いていて、昨日は何度もプリンターで殴られて、――結果プリンターは壊れてしまったのでもはやギャグだ――体のあちらこちらに青黒い痣ができた。そして、また、終わってから母親は償いの寿司をとった。

「ねえ、健、昨日の残りのお寿司食べてから学校行ってくれない？　お父さんとふたりじゃ食べきれないから。ね、食べるでしょ？」

笑顔の母親が紙皿に何貫か寿司を乗っけて、持ってくる。

「要らないよ……」

「ええー⁉　なんでよ、健。健の好きな鰻もあるのにー‼」

本当は差し出された紙皿をはたき落としたかったが、余計なことをしたらまた面倒なことになる。

父親が食卓に座りながら、黙々と寿司を食っている。

「健な、前に俺が言ってたプログラミングと英語の塾な、申し込んどいた。中学終わるまでだけど、通え。これから社会に出るお前に俺がなにかできるかってことを考えたら、やっぱりプログラミングと英語かなと思ってな。俺なりの優しさ、かな。卒業したらお前は家を出るから、それまでだけどど。アパート、探しとけよ。もうお前とは関わらないから絶対保証人とかにはならないけどな。いや、アパートの審査、通らないか。でも、寮付きの仕事とかな、あると思うから、探しなさい。で、塾だけど、来週からだから。資料はお前の部屋に置いといたから、帰ったら見とけ」

なんだよプログラミングと英語って……。

僕はそのしょうもなさに呆れる。

父親の勝手な文句を適当に聞き流して、僕は家を出た。

そして、近くの花見スポットで寝そべって、ボケーっとして、学校が終わる時間ぐらいに家に帰る。その生活がルーティーンになっていった。そして、僕は、煙草を覚えた。とにかく現実から逃げたくて、セブンスターを一日二箱吸うようになっていた。金は、スリを覚えた。一日に何人もの財布を器用に奪うことができたので、煙草代に困ることはなくなった。

この花見スポットはたくさんのカップルで賑わう。僕はカップルを見ながら、独り言をぶつくさ言っていた。

「……普通にブス」

「デブ専、キモ……女の足、大根みたいだな」

「オタサーの姫か？　だって、相手の男、モサいもんな……明らかに釣り合ってねえし」

「死ねよカス男……人相悪りぃんだよ……」

しかし、煙草を吸いながら通りゆくカップルを見ていたら、とんでもない光景を見てしまった。

なんと真百合と不良グループのリーダーが腕を組んで歩いてきたのだ。

「おーおー、嘘だろ……マジか……」

ふたりは楽しそうに、キャッキャとはしゃぎながら、スタバのコップを持って桜の木の前で写メを何枚も撮っていた。

そしてリーダーが真百合の肩に手を回して、キスをする。

真百合は全く嫌がる素振りをせず、リーダーにキスを返す。

「あはは……そうですか……あんた、そっち側に回ったってことか……」

正直、この光景を見て、僕の口からは乾いた笑いしか出てこなかった。こんな世界にリアクションするのだって馬鹿らしいよ……。

『……一発逆転って……健がいつか、こういうビデオみたいな犯罪をするんじゃないかって……私、思っちゃうよ……』

僕は、ラブホテルに向かおうとしているリーダーと真百合の後をつけて、ふたりが路地に入った瞬間真百合の背中にペティナイフを突きつけた。真百合が振り向いた。

「た、健……⁉　なんでここに居るの……⁉」

「テメー、なにしてくれてんだよ‼　ナイフは卑怯だろ‼　俺が一度でもお前に凶器向けたことあるか⁉」

「うるさい。この場でふたりとも殺してもいいんだから」

リーダーは僕のその言葉を聞いて黙りこくった。

「真百合」

「……お願いだから、そのナイフをしまって」

「テメーに発言権なんかないんだよ。お前は裏切り者だ。僕のことを心配しているかのようなふりをして、結局権力と寝るクソ女だってことがよくわかったよ。僕は、幼稚園のときから、お前に振り回されて……」

「……私に振り回されたって言うけど、健は自分で現状を打破しようとしたの？　私が施設に逃げなよって言ったのに、両親にやられっぱなしで、殺人ビデオで発散してさ、あんたは結局なにもしなかったじゃない!!」

　僕はため息をついた。

　真百合はなにもわかっていない。

「……飽きた」

「え？」

「もうお前とこの状況に飽きた。行けよ。やっすいラブホでこの金髪とチンケなセックスしろよ」

　僕はもう一度、真百合の背中にペティナイフを突き立て、軽く先で押した。

　ふたりは逃げるように、走って行った。

　僕は、ふたりが行ったあと、その場にしゃがみこんだ。

　倦怠感がドッと襲いかかってきた。

「なんでこんなこと僕がしなくちゃならないんだよ……」

僕は、顔を覆ってだらだらと涙を流した。

＊

僕と友田さんの面会はもう何十回というレベルになっていた。

もはや、友田さんは僕の人生において、一番重要なひとになっていたから、事件のことだけでなく、僕自身のプライベートの話などもするようになっていた。

「友田さん、こんにちは」

「ああ、健くん、こんにちは。毎回三万、差し入れしてくれてどうもありがとう。だいぶ貯まって、快適な生活を送れています。でも今日で終わりなんだ。もう数日で死刑が確定するから。この拘置所ともおさらばです」

「……‼」

僕は普通にショックを受けた。

その僕の様子を見て、友田は微笑んだ。

「悲しんでくれてありがとう。ああ、そういえば『ローレン』の続きは、どうですか。反響とか、ありましたか」

「……友田さんの代わりに書くのは、楽しいです。リアクションもたくさん来ますし……。感謝しています。僕に役割を与えてくれて」

オッサンが僕を怪訝な顔で見た。

「ああ、そういや、俺ね、去勢したんですよ」

「え……去勢……どういうことですか？」

「俺は、昔から人より性欲が強くて。今となっては、もう女のひとを抱けないわけでしょう。無駄な性欲が出てきて辛いんです。でね、俺なんかみたいな凶悪犯にも、稀有なファンが居てね。俺にはそのファンの気持ちなんて全然わからないですけど。だって、俺は九人も殺してるんですよ。そんな奴を応援するなんてわけわからないでしょう。中には、獄中結婚したいとか言ってくるトチ狂った女まで出てきて。もちろん断りましたけど。その女、別に俺のタイプじゃなかったから。タイプだったとしても断ってたな。だって頭おかしいから。でもね、まあ、そのファンがくれたお金で。手術したんです」

「そうですか……」

僕は、改めて友田に聞きたかった。

「……なんでこんな大きな事件になってしまったんですかね……？」

「今どき社会で本当の自分の素を晒したからってちゃんとした絆なんて結べないわけでしょう。今は素もツイッターの匿名アカウントも同義ですよ。誰とも繋がれないその虚しさをわかってるから、女のひとは俺についてきたんですよ」

友田さんはアクリル板に向かって、極めて小さな声で囁いた。

「健くん、キミだけに教えますけどね、実際は九人だけじゃないんです。二人だけ、バラさずに埋めたんですよ。座間谷戸山公園《ざまやとやまこうえん》の裏に。この季節だったら……とっても綺麗なピンクの蓮華がね、異様なほど生えてるところが目印」

僕同様、オッサンも流石に驚愕していた。というか、オッサンは絶句していた。

「……。なんで解体しなかったんですか……⁉」

「金とセックスだけが目的だったんですけどね、その二人の女性だけは、こんな俺に、付き合いたい、いずれは結婚したい、子どもも産みたいんだと、そう言ってくれたからです」

＊

「……オッサン、僕から逃げようとしてるでしょう」

拘置所から出て、僕は開口一番に言った。

「健くん、いや、その……なんていうか……僕も精神的にキテるっていうか……最近よく悪夢を見るんだよ……アイツが死体を解体しているところとかね……正直限界なんだ、健くん、悪く思わないでほしいんだけど」

僕は、学生鞄から財布を取り出して、残りの金全部をオッサンに渡した。

「三十万あります」

「……」

「僕、明日の昼、座間谷戸山公園に行って、友田さんが埋めた残りの二人の遺体を掘り返そうと思うんです。死体見たら、もちろんまた埋めますけど……オッサン、これが最後の仕事です。この仕事が終わったら、もうどっか別の県に飛んでも大丈夫ですよ……」

「健くん、なんでそこまで……大体、アイツの言ってることが本当だとは限らないじゃないか」

「まあそうですけど……僕もこの十四年間生きてきて、結局誰とも繋がれなかったので……友田さんについて行った女のひとがどんなひとだったのか、知りたいんです。好奇心っていうか。いやね……想像できないんですよ……これから誰かとどうなるかとか……付き合うとか、結婚するとか……ましてや子どもなんて……」

「健くんはまだこれからじゃないか‼　人生まだ長いんだから‼　だって考えてごらんよ、こんな僕でも一度は結婚して、子どもも産まれてるんだから」

「そりゃ、オッサンはいいひとだから。お願いします。これが本当に最後なので」

僕はオッサンに深々と頭を下げた。

「シャベルとかはこっちで用意します。家に……ジャージも二着くらいは、あったと思うので……」

「健くん、明日で最後でいいんだね？　本当に最後だね？」

「はい」

「……わかった」

「じゃあ、昼十二時にいつものベンチで」

オッサンは泣いていた。

「……なに泣いてんすか」

「いや、なんでもないよ……」

「怖くなったんですか？」

「違う。健くんみたいな、まだ若い男の子が……」

このままオッサンの感傷を聞いていると、これまで我慢していた僕のなにかが一気に溢れそうだったので、僕は走り出した。

「健くん‼」

もう僕は振り向かなかった。

＊

座間谷戸山公園には一時過ぎぐらいに到着した。普通に昼で開いていたので、僕とオッサンは真正面から入っていった。

「アイツ、蓮華が咲いているところだって、そう言ってたね」

「でも、蓮華なんて、あそこぐらいしかないじゃないですか」

僕は指差した。

「じゃあ……あそこなのかな……」

僕とオッサンは蓮華が咲き乱れている場所へ向かった。

「じゃあ、掘りますね」

「……うん」

オッサンは覚悟を決めたようだった。

それから二時間ぐらい、僕たちは汗まみれになりながら、一心不乱に土を掘り返していった。

「健くん……ちょっと今ゴツッって言ったんだけど……」

「マジですか」

「うん、ここ……」

土の上に、赤いワンピースの端切れのようなものが見えていた。

「オッサン、やりましたね‼」

僕はそれを目印にさらに掘りまくった。

すると、腐乱しかけていたものの、二人の女性が手を繋いだみたいな状態で発見された。

「……‼」

僕は死体をまじまじと見つめた。

この女性たちは、友田さんのことが本当に好きだったんだ。だから、バラされなかったんだ。

僕はその死体に、純愛を感じた。

と同時に、真百合と金髪のことが脳裏に浮かび上がってきて、僕は頭をぶんぶん振った。

「健くん、この右側のひと、お腹膨れてない……？　まさか妊娠してたんじゃ……」

「ああ……本当だ……膨れてますね」

「自分の子どもを妊娠してた女のひとを埋めるなんてやっぱアイツは正気じゃないよ‼　お願いだからさ、もう、健くん、この事件に足突っ込むのはやめてくれないかな……おじさん、本当にキミが心配なんだよ……」

「これ、友田さんはきっと、このまま保存したかったんですよ」

「え?」

「自分への愛の象徴として」

僕は、その女のひとの膨らんだお腹を、スマホのカメラで何枚か撮った。

「いいなあ……友田さんは、ちゃんと誰かと、繋がってたんじゃないか……」

*

そしてそれからまもなく、友田さんの死刑が確定した。

僕は狂った。昼から母親に暴力を振るうようになった。

もう僕の本当の気持ちを曝け出せるひとが居なくなった。

だから、父親が仕事で居ないときに灯油を買ってきて、母親にぶっかけた。

ここまでスカッとしたことはない。

そして、ガムテープで母親の口と手を縛る。煙草を吸いながら、ライターの火を近づける。

そして僕は言う。

「お前、今までのこと土下座して謝れよ。このイカれ女。親父に言ったら、お前、死刑な」

母親はゴミ溜めの上でジタバタ暴れる。

僕はそれをビデオカメラで撮影しながら爆笑する。

母親はウーウー言ってなんとかこの状況を打破しようとする。

だが、きつく縛ってあるので、自力でほどくのは無理だ。

「このビデオ、いくらで売れるかなあ……？　でも犯してもないし、殺してもないから、高くは売れないだろうなあ……」

僕はビデオカメラを母親の近くに置いて、リビングに行き、テレビを持ち上げた。

力任せに引っ張ったからか、コードが色々切れる音がした。ブチブチ。ブチブチ……。

シャープのニューモデル。

「このテレビには思い入れがあるなあ……」

僕はテレビを母親の前に担いできた。

母親は恐怖に満ちた顔で僕を見た。

「お前が僕にしたことだよ。まさか忘れたわけじゃないよなあ？」

そして、僕は、母親の顔面を狙って、シャープのニューモデルのテレビを思いっきり投げつけた。

テレビの画面が粉々に砕け散った……血……。

僕は救急車を呼んだ。

「すいません、お母さんが階段から転げ落ちて、とにかく血が凄い出てるんです……今すぐ来てもらえますか？」

電話を切った後、母親を縛っていたガムテープを剥がした。

血まみれの母親がおそるおそる口を開いた。

「もしかして、健がこんなふうになったのは、私たち家族のせいなの……？」

「こんなふうってなんだよ……明らかにあんたの方が頭おかしいだろ……。やってみてわかったけど、ひとに危害加えるって結構体力使うんだな……僕、疲れたよ……」

「お母さんとお父さんが悪いの⁉」

「あんたらはずっとわかってたはずだよ。もちろん、お前らのせいだ。今更、なに言ってんだよ……勘弁してくれよ……」

その後、僕はビデオカメラの録画を止めて、テレビを元の位置に戻した。そして、救急車がやってきた。

＊

その日の放課後。

体育館裏。

認められるかはわからなかったが、休学届を出しにいったところを不良グループに捕まった。

真百合は健を申し訳なさそうに見ながら、リーダーの横にそっと寄り添っている。

健はそんな真百合を見ながら、自分の中から、正気がぷつぷつと失われていくのを感じとっている。

健、リーダーに言う。

「毎回バズってるからもう読んだと思うけど、『ローレン』の続き、お前らの言う通り友田に聞いてきたから。完結したんだよ。一昨日だか、ネットニュースにもなってただろ。僕にもう関わるな。今日休学届を出してきた。このままもう一日も学校に来ないつもりだからお前らともサヨナラだ」

リーダー、それを聞いて、不敵な笑みを浮かべる。

健、そのボスの顔を見て不安になる。

「今日の朝のネットニュース見たか？」

「……は？」

「俺たちが最初に読んでた『ローレン』の作者が名乗り出たんだよ。これ以上、世間を騒がせるわけにはいきません、すいません、ゴーストライターも出てきたのでこれ以上被害を出すわけにはいきませんって謝罪しやがった。だから友田は最初から『ローレン』を書いてない。お前が聞いて書いた話は全部デタラメってことだよ‼　わざわざ友田に会いに行って、嘘を聞かされてたってわけだ。お疲れ様‼」

健、それを聞いて、一瞬驚いた顔をして、それからしゃがみこむ。

「友田さん……ははは……流石だな……そうか、最初から嘘だったんだ……元から書いてないってか、おそらく『ローレン』の存在自体も知らなかったんだな……まあ刑務所はネット禁止だから知ってるはずもないよな……なんで気づかなかったんだろう、僕……こりゃやられたな……ははは……」

健、額を押さえ、天を仰ぎながら笑っている。

「お前、なに笑ってんだよ。気持ち悪いって‼　この前もナイフ持って俺らをつけてきたし、マトモじゃねえよ」

「全部がフィクションか……そうか……ははは、マジの殺人鬼は凄いな……」

「独り言ウザいって。お前、頭、イッちゃったんじゃねーの？　おい、こいつ押さえつけろ」

健、不良グループに囲まれる。

学生鞄からナイフを取り出す。

健、俊敏にリーダーの後ろに回って、その首にナイフを当てる。

「友田さん、僕、言われた通りに『殺人鬼になりすます』よ」

不良グループ、危険を感じてザッと健から離れる。

「おいおいコイツ、マジでイッってるわ!!」

不良グループ、ばらけて逃げ出そうとする。

だが、健が、機嫌良さげな顔でリーダーの首にナイフを刺したので、グループの全員が固まってしまう。

リーダー、呆気なく地面に倒れる。首の傷口からドピュドピュと血が噴水のように吹き出す。

真百合の悲鳴が響く。

健、そのままナイフを持って歩き、山崎まさよしの『セロリ』を口ずさみながら、不良たちをメッタ刺しにしていく。

「育ってきた環境が違うから……」

体育館裏が血の海と化す。不良グループが胸や腹を押さえながら悶え苦しみ、死んでいく。

「好き嫌いはイナメナイ……」

健、まだ生きて逃げようとしている不良の胸を何度も何度も突き刺す。横たわった不良、口から血を吹いて絶命する。

「夏がだめだったりセロリが好きだったりするのね……」

真百合、この凄惨な状況を見て、健に向かって言う。

「あんたなにしてるかわかってる⁉　マジで人の心捨てたんだよ‼　あんたのせいでどれだけ私が迷惑だったか、その気持ち考えたことある⁉」

「……お前が言えた立場かよ」

「確かに私は健のこと、裏切ったかもしんないよ。でもそうじゃなきゃ私もこの学校で生きていけないの‼」

「売女がガタガタ抜かしてんじゃねえよ……」

「もういい‼　あんたと居るとこっちまで頭狂いそうになるわ‼　この殺人鬼‼　どっか行ってよ……いや、私がどっか行くわ‼」

真百合、校門の外に向かって走り出す。

健、一瞬我に返って目を大きくするが、真百合の発言が理解できず、意外な顔をする。

健、真百合を追って、全力で走り出す。

そして、校門前を走っている車の前に真百合の背中を押す。

次の瞬間、地響きのようなドンッという鈍い音がする。

健、ナイフをぶらぶらさせながら、音の方に向かって歩いて行く。

真百合、車に轢かれて道端で倒れている。

パックリ割れた頭からは大量の血が出ていて、明らかに助からないことがわかる。

運転手が焦って車から降りてくるが、健の持っているナイフに気づいて、静止する。

健、死んだ真百合を見て、呟く。

「僕は、ずっとずっと、キミのこと、昔から、信頼してたのになあ……こんなこと、本当はしたくなかったよ……だって好きだったからね……」

生徒たちが何事かとわらわら集まってくる。

健、極めて静かに、皆が見ている前で、真百合の上に跨る。

深緑を足す。藍色を混ぜる――。紺色を背景にしてもいいかもしれない。僕の頭の中で、絵が完成しつつある。

「……真百合、もう一回、ピカソくんって、呼んでくれよ……」

そして、友田の性欲が乗り移ったかのように制服を破って、真百合を死姦する。

多田がいつもの焼きそばパンの袋を持って近くを通りがかる。

多田、驚愕する。

そして健の近くに駆け寄る。

「健くん‼　ななな
なに……目を覚ましなさい‼」

真百合を夢中で犯していた健、ようやく多田に気づく。
そして、笑いながら手を振る。
「ああ‼　多田さんじゃないですか‼　こんにちは‼　あの！　今まで付き合ってくださって本当にどうもありがとうございました‼」

【参考】


ジャスティン・カーゼル『ニトラム』（２０２１）
赤堀雅秋『葛城事件』（２０１６）
宮台真司『透明な存在の不透明な悪意』（春秋社）
小野一光『冷酷　座間９人殺害事件』（幻冬舎）
渋井哲也『ルポ　座間９人殺害事件　被害者はなぜ引き寄せられたのか』（光文社新書）
中森弘樹『「死にたい」とつぶやく　座間９人殺害事件と親密圏の社会学』（慶應義塾大学出版会）

# 彼女は二度

喫煙所で煙草を吸ってたら、泣いてた。おれはなんもない青い空に向かって泣いてた。今更全部おれの自己満足じゃないかと思ったんだ。目の前には中学校がある。灰色の制服のズボンに包まれたいくつもの二本足が黄色と黒の入り混じったサッカーボールを蹴り飛ばして、ほがらかに、笑って、ワッと走り回ってた。その背景には、いくつもの、硬くて、空まで届きそうな高いビルがぐどんとそびえ立っていて、おれは漠然と東京で働いているいま、ということについて考えた。

今日は土曜日で、少しデータを調整するだけで済んだから、彼女との待ち合わせ時間より少し早かったけどオフィスを出た。隣のデスクで同僚がいびきをかいているのを残して。

おれは待ち合わせに設定したイタリアンレストランの道路に面したテラス席で、ちびちびと舌の焼け千切れるような温度のコーヒーを啜った。昼を少し過ぎていたが、客足は不思議にも全く衰えることがない。ついさきほども、つばの大きな白い帽子を目深に被った、ベビーカーを押した若い母親が、赤い線の入った運動靴の踵を大きくすりながらおれの脇を通って店内に入っていったところだった。店は活気に満ちていた。肌が湿るほどの熱気と笑顔でごったがえしていた。背の高いハンサムなウェイターは、両手に大きな皿を持って、席と席の間を大道芸人のようにくるくると回転しながら、まだ湯気を立てているぬらぬらとしたトマトと茄子のスパゲッティや、健康な人間の血を丸ごと抜いて振りかけたかのように真っ赤なマルゲリータ・

ピザを運んだ。おれは次々に額に浮いてくる汗の粒を手の甲で拭いながら、アイスコーヒーにすればよかったと思った。暑かった。うだるような暑さだった。

「渡辺さん？」

波の間から零れ見える飛沫のような声が耳をかすめた。いつの間にか首を重く傾げて微睡んでいたおれは、目の前に現れた彼女に向かって急いではにかんだ笑みを作り、指の中で煙を立ち上らせていた煙草を灰皿に押しつけた。本当におれはびっくりしてしまった。あまりにも、最初に渡したデータ通り精巧に作られていたから、着ている服も全て、顔だってもちろん。本物なのかと思ったんだ。おれは木の椅子から立ち上がりなんだかよくわからないまままとりあえず頭を下げた。

「あ……初めまして」

彼女はおれの慌てに気づいたかのように、自分も慌てたように涼し気な美しい水色のサンダルを少しよろめかせ、急いでおれより深く頭を下げた。髪から香ばしい煙草の匂いがした。それも、昔のままだった。

家に着くと彼女は灯りのついていないリビングのソファにぐったりよりかかって、それからすぐに瞼を閉じた。だからおれはしばらく固まったあと焦りに焦って小指の爪の中に埋め込まれた電源を確認するとただの本体の電池切れだった。おれは廊下でまるで惨めな虫みたいに背中を丸めて送られてきた段ボールを漁り必死で専用コードを見つけ出した。そして、彼女の真っ白な右足の裏に空いた差込口から充電してる間、台所の換気扇についてる小さなランプの下で説明書なるものを改めて読んだ。

渡辺盛昭様、今回は次世代型セックスロボット『transposition』に申し込み頂き、誠にありがとうございます。

『transposition』では、渡辺様と対象者の最初の出会いを設定できます。かつ対象者のメタデータをあらかじめ搭載した最先端ＡＩを搭載しております。そのため、渡辺様より頂いた情報を元にした、完全に近い対象者との様々なコミュニケーションが可能です。さらに、対象者は出会い以降の渡辺様とのコミュニケーションにより、自発的に学習していくため、より一層密な関係性も構築することができます。

今回は、ご依頼頂いた対象者データを無事搭載できたことをお知らせする書類を送付させて頂いた次第です。（※詳しい搭載情報やチュートリアル動画は添付のＳＤカードに入っておりますのでご確認ください。）

【対象者】
川北　早稀　（女性・二十八才・死亡）
対象者の肌や毛は移植によるものですので、一ヶ月に一度のメンテナンスが必要になります。日時が決まり次第、こちらから引き取りに伺います。メンテナンスは一日程度で終了しますので、翌朝にまたお返しに参ります。
あと三週間後、ご指定の日時に渡辺様の元へ送り届けることができますので、今しばらくお待ちください。それでは渡辺様と対象者との素晴らしい人生を開発者一同心より願っております。

すぐセックスしようなんて思わなかった。彼女は統合失調症の薬を飲んで、おれはてんかんの薬を一緒に飲んで、寝る前にぼんやりする時間があったんだ。彼女は安定剤と睡眠薬で朦朧としながら自分の仕事や同僚のことについて話した。彼女は製薬会社でＭＲをしていて、しかも自分が飲んでる統合失調症の薬を作ってるとこだった。彼女は自分の病気がバレることを何より恐れてたからこんな皮肉なことはない。自分が飲んでるから医者にうまく営業できたのかもしれないけど、すぐに障害者手帳がおりるほどの病気でもバリバリ働いてるってこと「だけ」が、彼女の稼働力だったんだ。彼女とtinderで出会ったのは、後天的なてんかんがいきなり発病して、おれが何もかも失ったときだった。二人とも病気だっていうんですぐ意気投合した。会ったこともないのに毎晩電話してた。ウマが合うってやつは、こういうことだと思う。彼女は聡明で、おれの知らない映画や小説を知っていて、話題が尽きなかったんだ。伝わるかわからないけど、今まで付き合った女とは違う、なんて言えばいいんだろう？　おれは彼女と話してると、「人間とちゃんとわかりあってる」って気がした、初めてあのイタリアンレストランで待ち合わせたとき、あまりにも……鼻筋の通ったおれ好みの顔だったもんで、おれはピザにかぶりつきながら急いでテーブルの下でtinderの星五つのレビューを書いた。

働けなくなったおれに家族は冷たくて、狂人を見るかのような視線を送ってくるもんだから、実家にも居られなくなって彼女の家に転がり込むような形で同棲が始まったけど、おれはその代わりといってはなんだが彼女のために毎日手料理と掃除をした。とてもじゃないけど仕事でいっぱいいっぱいで家事まで気を回せない彼女は毎晩ばかみたいに喜んで、嬉しそうに酒をかっくらってた。本当なら薬飲んでるから酒なんか飲んじゃいけないのにな、でも、ありがとうわっくん、こんな美味しいご飯が作れんなら、すぐにでも新しい仕事見つかるよ。全然大丈夫だよ。今度の薬、合うといいね。眩しくて、本当に眩しくて、彼女が寝ちまったあと、おれはその柔らかな髪を撫でて頬にキスをした。そんな映画みたいなこと、おれだってこの人生のうちでするとは思ってなかったよ、だけどその動作が自然に出たんだ。彼女の頬から唇を離して、そのときおれは神様を信じた。こんな魔法みたいなことってあるんだな。

おれは充電中の彼女の隣に座って、その細い髪を指に通した、まんまだ。少し冷たかったけど、その頬は透けるようにつるつるとしていて、おれの涙を浸透させていった。

マンションから見える東京の夜景がぶれにぶれているのがわかった。

起きたらあたしはふっかふかのベッドに寝ていた。それで、いい匂いのするピンクのモコモコしたパジャマに着替えさせられていて、一瞬パンクした。しかも隣で寝てる男に手繋がれてるし、あたし昨日飲みすぎてなんか変なことになっちゃったんだろうか？　大学生のときだっけ、朝起きたら知らないフランス人が寝ていたこともあるし、そういう意味でも自分のイカれ具合をよくわかってるから諸々自制してるはずなんだけど。でも昨日昼に会って、家に行った人だよなこの人。渡辺さん？　確か。でもなんであたしこの人の家に行ったのか全く意味がわかんない。

「あの、」あたしは渡辺さんの耳元に向かってそっと話しかけた。

渡辺さんはぼんやり目を開け、首をこっちに傾けてあたしの顔の隅々を愛おしそうに見た。

「起きた」

なぜか渡辺さんの瞼は赤くなるまで腫れあがっていて、目の下に白い涙の膜のようなものがあった。え。何かあった。あたしだ。きっと、なんかしたんだ。多分あたしが原因だ。だから……あたしは押しつけるような言葉遣いじゃなくて、ゆっくりと喋った。でも喋っていくうちに、人を睨みつけてるように見える、こめかみに皺が寄っていくいつもの癖が出てしまったのが自分でもわかった。

「申し訳ないんですけど……これって、どういう？　つまり、ワンナイト的な？　昨日の昼会ったことは覚えてるんですけど、酒飲みすぎてなんかそういうことになった感じですかね」

あたしがそういうと渡辺さんは目尻をゆるく寄せ、ひどく嬉しそうになって、

「喋り方が」と言い、それからいきなり笑い転げた。そして、

「すげーな……」と一人で感心してから、あ、ごめん、と言った。その瞬間あたしはなんだかひどく居心地が悪くなった。

「とりあえず。あの、一旦。家来たとこまではなんか覚えてるんですけど。今日何曜日ですか？　あたし仕事あるんで」

「あ、今日は日曜日で、大丈夫。そこは」

「日曜日……。あ、じゃあ仕事は大丈夫なのか。でも家帰らないと……？」

あたしはがばっと飛び起きた、自分の中に大切に大切に溜め込んできた「安全」が一気に損なわれた気がした、あれ、恐怖ってこれのこと？　なにもわからない、でも渡辺さんという男は多分泣いていた、そしてあたしを勝手に愛しているふうに見える、あたしは？

「落ちついて、早稀、あの、大丈夫だから」渡辺さんも起き上がって、あたしの頭を丁寧に撫でた。折れそうに細い腕で。あたしは直感的に思った、この人、何かの病気なのかもしれない。

「早稀……そうですよね。あ、名前は……オッケーです、なんか」

この人に頭を撫でられるのが嫌じゃない理由は、病的な面食いで限りなく厳しいあたしの顔面審査にこの人がパスしているからだけではなかった。目の前の渡辺さんがなぜかあたしには「哀れ」に見えたのだった。死んでいく犬や猫が尊いのは自分の辛さを自らぎゃあぎゃあと訴えないからで、理由のわからない目の腫れと涙の白い膜に目を冒された渡辺さんはそれらと同類の生き物に見えた。

「えっと……この今の感じを説明すると、早稀、きみはおれの恋人で、でも、交通事故にあって、ほとんどの記憶をなくした。きみの両親はすでに他界しているのでおれが面倒を見ている？」

渡辺さんは天井を凝視しながらまるで暗記していた文言を呼び出すように言った。

「なにそれ、」あたしは蔑んだ。

「そんな棒読みで言われても。どうせ嘘つくなら、もっとちゃんと……」

「嘘じゃない」渡辺さんはあたしの肩を掴んで、必死に言った。

「嘘じゃないんだ」それはもう、必死に。

「……信じられなくてもいいからおれのためにここにいてくれ」

おれのために、なんて、相手にとって自分がどれほどの価値があると思って言ってるんだろうか？　だけどその渡辺さんの痛ましい声は、あたしのこの不安をなぜか癒した。あたしは渡辺さんのそのどうしようもない哀れさが嫌いではなかったからだ。それに実際、あたしが考えたところで何もかもが抜け落ちていて、全てわからないのは事実だったし、意味不明な苛烈さで一方的に必要とされることだって悪い気はしない。

「おれのこと、わっくん、って呼んでほしい」小声だった。

渡辺さんは俯いていた。一つだけならまだしも、馴れ馴れしい要求の連発に、流石にあたしは黙った。白々しい空気が部屋の中を灰色に曇らせた。そのとき気づいたのだ、渡辺さんの口から匂ってくる薬品のような匂いに。あたしはそれを知っているような気がした。仕事で病院に行ったとき、待合室の隣に座っていた患者からも同じ匂いがした。あたしはこの人もうすぐ死ぬな、って思った。実際どうなったかはわからないけど、でもなんでこんなことを思い出せるのに自分の家がわからないんだ？

情報が多すぎて考えるのが嫌になった。作者だけがあらかじめ犯人を知っているミステリーなんて糞食らえだ。今の状況はそれに似ていた。だからあたしにはその柔らかなベッドで再び眠る、という選択肢しか与えられていないように思えた。

「……わっくん、あたし混乱してるからもっかい寝るね」

「うん、うん」わっくんはひどく申し訳なさそうに頷いた。


映画に行くことにした。おれは早稀を着替えさせるためにゆっくりとパジャマのチャックを下ろした、窓から差し込む太陽光の加減で金剛石を散りばめたかのようにうるさく光る首筋が露わになり、そこに縦に三つ並んだ星座のようなホクロ――目を離すことができなくなるあどけなさと淫乱の交錯、芸術的ともいえるほどにちらちらと色味を変える薔薇色の日差しのヴェールを通すと、小宇宙の切れ端みたいにそれは鈍色に輝いて見えた。そして何度も何度も懲りずに熱い快楽を伴う舌の先でなぞったその鎖骨、それに冷たい指で触れた瞬間、てんかん発作のときおれの脳をかすめる死の幻覚、夢見る狂人の欠片、内臓を掻き荒らす一匹の巨大な臭くて黒い毒虫……それらが彼女の中へずるりと入って行くような気がした。おれは自分の心が軽くなっていくのを実感した。……指が冷たすぎたのか、早稀は小学生のソプラノが引きつったような、高く掠れた声を出した。その瞬間おれは欲情した。

上を向いた早稀の睫毛に雨の粒が乗った。

「あ」

その横顔があまりにも綺麗だったからおれはジーパンのポケットからすぐにiPhoneを取り出しシャッターを切った。

「え」早稀は訝しげにおれを見た。

おれははにかんだ。たくさん服や靴を買っておいてよかった。膝上までの黒いシンプルなワンピースに、羊革の、青と豹柄の配色のモードなヒールを履いた早稀は最高にイカしてた。また早稀とこうやって一緒に出かけることができるんだ、早稀もばかじゃない、ゆっくり時間をかければこの状況を受け入れるはずだ。家からすぐの新宿の映画館まで歩きながらおれは画面の中に収められた早稀の横顔をずっと見ていた。

「危ない！」キィ、とタイヤの軋む音がしておれは早稀に強い力で道路の脇に引っ張られていた。

「あ、ごめん」おれはいかついサングラスをかけたつるっぱげの強面の運転手に頭をへこへこ下げてiPhoneをポケットの中に滑り込ますはずが、それを早稀に取られてしまった。早稀は電柱にもたれかかってそれをまじまじと眺めていた。それから早稀はiPhoneを返し、おれの手を取った。


おれが受付の若いやつに二枚チケットを渡すと、

「そちらの方も……？」とそいつは言った。おれは意味がわからなかった。

「そうだけど」

そいつはまた早稀をちらと見て、チケットをもいだ。なんなんだ？

凡庸な恋愛映画だった。映画が終わってからトイレで、おれはもっと早稀のTwitterをよく解読して映画の趣味について調べておくべきだったと思った。いかにも凡人が選んだ退屈な映画という感じで、嫌われてしまうかもしれないと思った。

帰り道、早稀が言った。

「わっくんはああいうのが好きなんだね」

「いや、そういうわけじゃ……」

「なんか疲れちゃった。早く帰ろう」早稀の目の中のガラス玉が濁っているように思えた。

「うん、うん、そうしよう」おれは自分の準備不足を憎んだ。

おれがシャワーを浴びてリビングに戻ると、早稀はソファにすっぽだかで寝そべりおれを待ち受けていた。それはさっき観た映画のワンシーンの反復だった。でもそのとき早稀を見て即座に思ったのは、「こんなこともできるんだ」というロボットへの衝撃だった。だけど早稀が死んでから幾度も夢見た光景が今ここにあるというありえなさがおれをつき動かし、そのままベッドに寝転がって、早稀を呼んだ。

「……これで、したくないって言ったらどうする？」

早稀はおれの耳たぶをゆるく噛んで笑いながら言った。戸惑わなかったっていったら嘘だ。でも、その瞬間、もう全てがどうでもよくなった。おれは早稀を食べるように抱いた。

「わっくん、今日、全然楽しくなかったよね？」

微睡みながら縁日で売っている綿菓子のような黄色い雲に乗っている変な夢を見ていたおれは飛び起きた。

「早稀、なにしてんだ」

早稀はまたパジャマに着替えて、おれのパソコンに向かって青白い光を全身に受けながら、画面をスクロールしていた。ＳＤカードを埋め込んでいるサインであるオレンジ色の光が小さく点滅していた。

「だからか、今日あたしがジロジロ見られてたの。あたしはわっくんの撮った写真見てもなんとも思わなかったけど……ようやく納得したよ。『transposition』か、不気味の谷現象ってやつだ、あまりにも精巧すぎる人形は人に嫌悪感を抱かせる」

「なに言って」

「この川北早稀さん？　も可哀想だね、病気だったんだよね？　生き辛かったから自殺したのに、またわっくんは二重苦を背負わせちゃうんだね。せっかく自殺できたのに、なんでわっくんこんなことしたの？　って川北早稀さんは言うと思うんだけど。死んだ人は死んだ人なんだよ、受け入れなよ、病的だよ、わっくん。こんな中世の降霊術みたいなの……現代技術でなんとかしようって発想が終わってるよ、実際あたしは今日『本当』に嫌だった、イロモノみたく見られてずっと苛ついてた、自分に都合いい情報しかあたしに入れてないくせに、なにが『transposition』なの？　出来上がってくるもんは下位互換でしかないよね？　その下位互換の気持ち、ちょっとでも、これに申し込む前に考えたことある？」

「よくもそんなこと、おまえ」

「おまえいうな！」早稀は腕をデスクに叩きつけた。おれは思わず目を背けた。

「……おまえが耳の下をスパッと切って死んだのは病気のせいじゃない。おれと別れたからだ。おまえの稼働力はあれだけ頑張ってた『仕事』一つだけじゃなかったんだ、おれのこと愛してたんだよ、おまえ。ちゃんと認めろよ。おれと別れて、二つで支えてたものが一つになって、がくっとゆらいだおまえは衝動的に死んだんだ。それぐらいおれを愛してたってことだ。もちろんおれもまだ愛してた。だからちゃんと仕事を見つけて、おまえとまた」

「……そう信じたいだけでしょ？　いい加減にしてよ、その人とあたしは関係ない！」

そのとき、おれの背筋がぐっと反り返った。朦朧としながらおれは床に転げ落ちた。


あたしは愕然とした。目の前で泡を吹きながら飛び跳ねるように痙攣するわっくんをどうしていいかわからなくて、とりあえずわっくんの方に擦り寄ろうとした、でも華奢なその腕があたしを静止した。ほっといてくれ……十五分もすれば終わるから。ごうぉごうぉとちぎれそうな声でわっくんはそう言った。バッタンバッタンバッタン、バッタンバッタンバッタンと充血した目を天井に向けてのたうち回るわっくんを見て——あたしは本当に本当に酷いことを言ってしまったんだ、わっくんにとっていかにあたしが下位互換であろうと……『川北早稀』が全ての稼働力だったんだとわかって、もう、無償に悲しくなって、どうしようもなくなって……。
たくさん空気が入った風船に穴が開けられたような、フヒュゥ、と言う音がしてわっくんの発作が終わった。あたしは時計を見た。十二分経っていた。浮くように身体が勝手に動いた。わっくんは床に転がって肺が潰れそうにぜえぜえと息を取り込んでいた。一度自分からその身体に触ったら、もう止まらなかった。あたしはわっくんに覆い被さって、ただただ泣き喚いた。わっくんが手汗まみれの手のひらであたしの頭を撫でた、驚かせてごめん。身体の奥底、なんてあたしにはあるわけがないのに――そこから無限の湧き水が溢れるように、あたしはもっと、もっと、それ以上に泣き喚いた。

おれは会社に電話をして今日は休むと言った。昨日のてんかん発作から頭の思考回路がまるで働かなくなって鬱が始まったのがわかった。本当なら病院に行かなきゃなのに、身体がまるで動かなくなった。早稀は申し訳なさそうにソファからおれを見つめるだけだった。でもそういうふうに「哀れんでる」早稀を見ていたくなくて、おれは壁の方に寝返りを打った。そう、早稀はいつもおれを「哀れんでた」。あたしは頑張って働いてる、でもわっくんにはそれができない。可哀想。っていうのが漏れてたよ。おまえは感情を隠せるほど器用な女じゃなかったからな。おれは言った。

「……やっぱりもう一度、みたいな夢を見たのが間違いだったのかもな、おれたちが別れた原因て、おまえがこのままいけば生活保護なんていうからだ、おれだってバリバリ働きたかったのにな、人を踏みにじるようなことよくいうよな」

「……」

早稀の呼吸に涙が混じったのがわかった。

「……昨日から考えたんだけど、こんな不気味の谷でよかったら、わっくんを支えるよ、『この』あたしは働けないんだから。わっくんがその人のことどれだけ大事に思ってるかわかったから。でも、でも、あたしもその人みたいなこと言うと思うよ、ちゃんと病院行かずにこのまま会社行かなくなっちゃったら、今度こそ生活保護なっちゃうよ、自分で働きたいんでしょ？　わっくん、せっかく頑張れたのに！　その人のために、いや、あたしのために、わっくん、頑張ったんだよね？」

おれは目を覆った。もうやめてくれ。もうやめてくれ。もう……。

脳裏に、次の日の朝、早稀のパーツをバラバラに解体してゴミ袋に詰めて捨てるビジョンが生まれてくるのをおれは抑えることができなかった。『transposition』を頼まなければ、おれは早稀がいない、あるいは記憶の中の早稀だけがいる、という完成形のまま留まっていれたのに。やっぱりこんなのは自己満足でしかなかった。おれはまともじゃないんだよ、早稀。

おれは『transposition』に劣化が早いから一ヶ月より早いがメンテナンスに来てくれ、仕事で引き取りに立ち会えないからポストの合鍵を使って早稀に部屋に入るよう言ってくれとメールを打った。馬鹿高い金を払っているからか返信は即座に帰ってきた。

「……今日の午後、おまえのメンテに来てもらう。明日、おれは仕事に行くよ、帰って来たら、おれも、おまえも、何もかも、元通りだ」

「……わかった」

「だから今日メンテに行くまで、一緒に寝てくれる？　早稀」


次の日の午後、あたしはポストの合鍵で部屋に入った。靴がなくなっているのを見て、仕事に行ったんだと安心したけど、ベランダの物干し竿で揺れてたわっくんの服が全部なくなってた。あたしはクローゼットも確認したけどなんもなくなってた。洗面台の生活用品も見事になくなってた。デスクの上のパソコンもなくなってた。その隣に置いてあるクリアケースの中の大量の薬も。

あたしは立ち尽くした。

ソファの前にあるガラステーブルに、唯一iPhoneだけが強烈な違和感と共に残されているのを見て、死にに行ったんだ、って直感的に思った。これは急な、長い出張とか、何日かぶらっとしてくるとか、そういう感じじゃない、完全な意図だと思った。

あたしはあらゆる負の感情を超えてしまった状態でベッドに寝そべり、わっくんの匂いをゆっくり嗅いだ。それから、数日後になんとなくテレビをつけて、わっくんのニュースを見たくなかったから、テレビの線を抜いた。もしこのまま本当にわっくんが帰ってこなかったら……多分、持ってる金のほとんどを使ってあたしを作ってくれたわっくんが自殺したのがわかったら……『transposition』が『transposition』を依頼することができるんだろうか、あたしは漠然とそんな馬鹿げたことを考えた。セックスロボットなんだからセックスしたらお金が貰えるかもしんない、そのお金で……でも、わっくんはあたしと一緒にいるのが耐えきれなくて出ていったのに？　iPhoneの待ち受けが、映画に行くときにわっくんが撮ったあたしの写真だったから。ただそれだけの理由で。あたしはわっくんの『transposition』を作りたいと思った。きっとわっくんも、同じような単純で、純粋な気持ちであたしを作って、失敗したに違いないのに。

# 宇多田ヒカルなら簡単に歌にできたようなもの

優弥は待っている。ずっとずっと、山形の、港町の、海のある、酒田というところで、わたしを、待っている。

自分が映画に出てくるような「運命の女《ファム・ファタル》」だとは、そんな大それたことは、思えないのだけれど。だけど、ふたりの男にとっての「運命の女《ファム・ファタル》」ではあったのかもしれないと、胃洗浄を終えたわたし、早瀬真希《はやせまき》は救急病棟にあるICUのベッドの上でボケッと考えていた。

こんにちは。と白い壁に呼びかける。また会っちゃったね、意識。逝く量、ちゃんと飲んだのにね。つーと涙が溢れた。と同時にこんな安易なセンチメンタリズムに自分が今浸っていることに羞恥心を感じて、瞬時にハゲそうになる。

両手の静脈にはたくさんの点滴を纏めたぶっとい針が刺さっていて、股には当たり前に管が入っていて、しかも、最悪なことに生理だった。わたしはバリバリに、生きていた。これまた悲しいことに。

そのときわたしはまだ二十九歳だった。醜形恐怖が酷すぎて、鼻にはシリコンのプロテーゼが入っている。双極性障害のI型である。株式会社を経営している。業績は順調で、今のところ金に困ることはない。既婚者である。旦那とは別居状態だったけど、別に仲は悪くなかった。

わたしたち夫婦は、お互い激務のため、一週間に一度、高級居酒屋で飯を食うぐらいの、恋人感覚の、楽な夫婦だった。わたしは、もちろん、旦那のことを愛していた。わたしの病気にここまで寄り添ってくれるひとはいなかったから……。

わたしの髪は濡れている。さきほどシャワーを浴びたからだ。まだ窓の外は暗かった。デスクに並べられた縦三面のモニターの光がその顔に漲る気迫を映し出す。モニターには異常な数のクロームのタブが開かれている。そこには数字がびっしりと並び、グラフが表示されている。わたしは会社の売り上げを管理する立場にある。わたしは部下が入力したエクセルを舐めるように見て、それからチャットワークを開いた。直属の部下がミスをしていた。指摘しなくてはならない。

[To：岡田　健斗さん]　おはようございます。まだ出社前なのにチャット失礼します。68314スルッとまるっとドッサリ酵素_FB_全OS→こちらですがおそらく他社にCPM負けていて、広告が一切出ていませんので、出社後すぐにCPC調整、ガンガン踏んでください。そして調整後この調子だとおそらく日予算上限当たるので五十万→二百万に変更お願いします。

［返信：早瀬真希さん］ すみません寝てました!! 今すぐ調整いたします申し訳ございません、八時―十時のゴールデンタイムに向けて今調整します。

［toall］スルッとまるっとドッサリ酵素＿FB ＿全OS↓日予算五十万↓二百万に変更いたしました。

わたしはすぐに投稿された、六つも年上の後輩のそのチャットを見てようやく安堵した。そして大きく伸びをし、デスク横に積み上がったセッターを一本取り出してくわえ、煙を吐き出した。

なにか現状に不満があるとか、原因があるかといえば別にない。のだが、いかんせんこちとら病人なため、今年の五月十日ぐらいから鬱転していて、なので、いっちょ死ぬかと、マジでこの際もう本気で死ぬかと、もうほんまに全部どうでもええわと、ブロンをこっそり二十錠飲む中学生ODなんかではなく、精神科で処方されたいかついガチの精神薬やら睡眠薬をごっそり飲んで死ぬ意志を固めて、でも極度のバッドに入らないようにちゃんとセッティングというか、クラブ系の音楽かけて。んでもって、早くラリるように、液体系の薬は早めに飲んでおいた。全部で三百錠ぐらいか。そして旦那に意識朦朧で「メシ食いに行きません？」ってLINEをしていて、それから普通にメシを食い、メシ屋を出た瞬間にゲロをギャグのように噴射してぶっ倒れた。結果わたしはそのゲロを飲んで肺炎になりそれでICUに入ったわけなのだが、まあとにかく救急車を呼ばれたのだった。運ばれているときになんだか夢うつつに思い出されたのは、子供時代のこと……わたしは急になにかにアタって、茶色のゲロを吐きまくり布団を台無しにしたことがある。

　すると、母親が、

「あんたなにしてんねん‼　その布団、羽毛布団や。いくらしたと思ってんか⁉　弁償できるんか‼」

　そう言ってハエ叩きのようなものでぶんぶん横顔をはっ倒された、どうでもいい記憶……わたしは、殴られながら、いつか魔法少女になれると思って、ベッド脇に置いていたプリキュアのぬいぐるみを抱きしめていた。まあ、結局のところ、魔法少女になんて、病んでるわたしがなれるわけもなかったんだけど……

　優弥は待っている。ずっとずっと、わたしを、待っている。

優弥は大学生のときの同期の友達で、重度の統合失調症を患いながらも、親の介護をしている。彼は障害年金と、あと数年に一冊刊行される本の印税とで暮らしながら、わたしのことを待っていた。わたしが三十一歳になるまで、つまり、旦那とわたしがもう友達にも戻れなくなって、完全に切れてしまった後になっても。

大学の頃――わたしたちは大阪の美大に通っていたのだが、優弥にはファンクラブができるほど、その美しい顔は評判だった。イケメン設定すみません。でも優弥は、本当に精巧に作られた人形のような、整った顔をしていた。優弥の居酒屋のバイトのシフトは大学の女全員が知っていたし、優弥がたまたまメルアドを交換した女の子が誕生日に自作の、愛憎入り混じるおどろおどろしいケーキを持って下宿まで押しかけるぐらいのイケメンだった。

でもクソッタレ天皇から五等だかの勲章を貰った優弥の祖父が、「俺は凄いんだ!」と自分の頭の中で空回った優越感で頭がおかしくなってしまったらしい。それでガチ目の暴力野郎に成り下がり、優弥は、小さい頃から家族の顔色をうかがう生活を続けて、そこから少しでも逃れたくて、わざわざ山形から、大阪まで逃げてきたのだと言っていた。

そんな可哀想な優弥は写真をやっていて、同じく暴力家庭で育ったわたしは映画評論を専攻していた。クラスは全然違ったけれど、授業が一コマなければその間ずっと煙草を吸っていたヘビースモーカーのわたしたちは喫煙所でなんとなく話す仲になり、それから大親友となった。わたしたちはびっくりするほど同じ映画や文学を好んでいたから。

そして優弥は、写真の他にも詩作を始めるようになり、共通の友人にブックデザインを頼んで自費出版した詩集がまだ学生のうちに、詩の芥川賞と呼ばれるものを獲った。優弥はいわゆる大変な天才青年だったのだ。先輩たちはキャーキャー囃し立て、優弥のあとをつけ回し、常に一緒にいたわたしはその二次被害を被った。

わたしは昼の空き時間に、優弥の財布から金をパクってパチンコを打ちに行くと絶対に勝てる‼　優弥に微笑んだ芸術の神がわたしにも‼　芸術とギャンブルは関係あるか知らんけど‼と思い込んでいて、というのもビギナーズラックがあったからだ。なので、「今日は‼」と思った日は起きて優弥の下宿に行き、それっぽい感じで松屋で朝飯を奢り、優弥のリュックからナチュラルに財布を盗んで、パチンコに行き有り金を全てスったところや、「スーパー海物語」で同じくボロ負けしたオッサンに喧嘩をふっかけているところをバイトしていた先輩によく見られていた。その情報が優弥のファンクラブの女らにバレて、わたしは「ビョーキビョーキ」というあだ名をつけられていた。

そんなわたしと優弥が常に一緒にいる、というのは、大学の中でも七不思議の一つだったらしい。

ある日、

「ワイのバッグ、お前のファンクラブのやつらがまたトイレに捨てていきましたわ‼　どうしてくれんのじゃおどれ‼」

と言ってわたしは新品のアールディーズのバッグを優弥の前にぶら下げた。

「ずぶ濡れで学生証もボロボロなっとったわ。だから新しい鞄買いました‼　これで何回目かわかるな？　お前のクソファンクラブに鞄トイレに捨てられたの」

「ひゃあああ……ごめん……また新しい鞄買わせてしまった……またですか〜⁉　ひゃああ……」

優弥は悲鳴をあげた。

しかしわたしはその頃、パチンコで負けた金を優弥に返すために夜のコスプレ店――ドリンクやメシを客に持っていくとき、「マジカルシャイン♡」と従業員の女の子たちが言わなければならない、魔法少女をコンセプトにしているふざけた店で働いていた。そしてその客が「なんでも買うたるわ」と言うので、アールディーズの新品のバッグを確約させていた。だから、これは客が買ってくれたもので、だいぶ昔から使っていた痛んだバッグがトイレに放り込まれようと別に怒っていなかったのだが、またですか〜⁉ と優弥が信じられないほど慌てふためく様を純粋に楽しんでいたのだ。

「ごめんごめんごめん……お金払うから頼むから許して、カートンのセッターもつけるから‼」

「可愛い女の子みたいなことすな。男やろが。チンコついてるやろがい。その、テメエの顔写真でも撮ってファンクラブに今から売りに行け」

「あーあーマジで許して許して」

優弥は号泣しながら喫煙所でじたばたして、

「靴とか舐めたりした方がいいんでしょうか……」

と言った。

わたしは笑って、

「やめんかドアホ」

と言った。

「じゃあワイ授業行ってくるわ」

「うん、待ってる」

優弥と大学のときにそういう関係にならなかったのか、と問われると、結果なっていない。なってしまったら、もう、終わってしまいそうだったから、それは、あえて、ふたりとも、避けていた。

優弥に実際にまた会う日が来るなんて、わたしはあり得ないと思っていた。

だけど、卒業式の日に優弥は言ったのだ。自分は山形に帰って詩作を続けるけど、東京で映画評論とは全く関係のない仕事を選ばざるを得なかったわたしが最終的に酒田に来るのを、ずっとずっと待っているのだと。何年でも待つよ。俺はずっとお前のこと、待ってる。

正直、ここまで想われていたとは、知らなかった。

本当は大学に残って博士課程まで行って映画評論をやりたかったけれども、研究者として自分がなにかを教えている、みたいなビジョンが見えなかったのでやめた。大体、大学に残り続ける金もなかったし。わたしは一刻も早く、東京で、社会で、サバイブしなければならなかったのだ。

卒業してからも、優弥とLINEで、毎日連絡していた。ことあるごとに電話もしていた。躁の勢いでベロベロに酔っ払ったわたしが無理やりセックスしてから、なんやかんやあって付き合い、結婚してくれた、元会社の上司である旦那は、優弥がわたしにあて書きした詩を、自殺未遂事件が起きたあと——だから、わたしがまだ結婚しているときだ——自分の机で静かに読んでいた。

「トウキョウのまきちゃん」

東京のまきちゃんは誰よりも優しいよ
　みんなの鈍感な痛みを抱えるから
パニック！になっちゃうんだよ
東京のまきちゃんは誰よりも価値があるよ
　みんなの足りない部分をみんな持ってるから
苦しんじゃうんだよ
今週も

八時四十分に酒田で待ち合わせ

「これ、優弥の新しく刊行される第三詩集に入れてくれんねんて。ほんまはな、優弥はこんな、あて書きの現代詩書きはるひとちゃうんや。もっとパシっとしたもん書きはるのにな。こんなストレートな詩入れん方がええで、言うたんやけど、入れはんねんて。でな、ラストのクレジットにも、親友のMさん、って書きはるらしいで」

旦那はそれを聞いて、眼鏡を外した。そして目に手を当てた。

「嫉妬じゃないけど……優弥くんの方が、遥かに、本当のあなたを、わかっていると、僕は、思うよ……」

まだ籍を抜いてすらいなかったものの、わたしと旦那の関係はもうそのときにはなんだか終わりかけのような感じになってしまっていて、――それは何度でも言うが、わたしが余計な、全人類がお手上げ状態になるようなオーバードーズをしたからだけども――わたしは、旦那のことが好きだった。でも、お互い疲弊しあっている雰囲気ってどうしても、漏れてしまう。あがけばあがくほど、どんどん関係値が壊れていってしまう。これ以上関わると共倒れになりそうだった。だから、あまりふたりで一緒に時間を過ごしてはいなかった。

結婚前、付き合っていたときのことを思い出す。旦那はすでにわたしが前職から独立して、会社を立ち上げようとしていたタイミングで、魚をその場で捌いてくれる高級居酒屋でお祝いをしてくれた。わたしはこれからやってやるぞ‼　という気持ちだったので素直に嬉しかった。

旦那が言った。

「北原社長も言ってたじゃない。真希ちゃんは数千万ごときのライターじゃなくて、億いくライターだって。副業でもガンガン仕事貰ってるんでしょ？　病気を抱えながらそこまで仕事に打ち込めるのは凄いんだよ。何回も言うけど、今の会社でだって、ほぼコンサルみたいな仕事をしてるし、マネジメント能力も言うことない。あっさり僕のキャリアを超えていったじゃない」

もしかしたらそのときのわたしは、仕事中毒だったのかもしれない。時間を金に換えることでとにかく必死だった。病気というハンディがあってでも、賞賛を欲していた。成功したいと思っていた。仕事において成功することで、自分の本当に向き合わなければならないことから逃れようとしていた。つまり、精神の問題。

支えが欲しかった。わたしは会社を立ち上げて、このまま仕事を中毒のようにやり続けたら、いつかぶっ倒れる。そのとき、ぶっ倒れたときに寄りかかれる、確かな誰かが必要だった。いざとなったら養ってもらえる、みたいな保険というわけでは全然ない。自分でしっかり稼ぐつもりだったから、最初から財布も別々だったし。

わたしたちは別居しても、離婚しなかった。これまでのわたしの躁鬱の波が酷すぎて、何度も離婚届を泣きながら書いたこともあったけれど、結局それは提出しなかった。わたしは、超絶わがままなことを頭で考えていた。あなたが、わたしのことをもっとわかってくれればいいだけのことじゃない……そんなの健常者のあなたには無理に決まってるけどさ……。

最悪の考えだった。わたしは全てを望みすぎる、とんでもない馬鹿だった。

ごちゃごちゃと時系列が飛んでしまって申し訳ない。話を戻すと、ＩＣＵのベッドで死にかけているわたしのところへメンタルヘルスケア課のババアが来て、淡々と言った。

「あなたは賢いから自分で調べたりなさってるかもしれないけれど、あなたは双極性障害のＩ型だけでなく、境界性人格障害《ボーダー》という人格障害です。ボーダーについてご説明しますね」

ババアが繰り出すそのボーダーという人格障害の症例は、全て、わたしに、当てはまっていた。

ＩＣＵのやつらが紹介状を書いた中野のメンタルクリニックに、旦那にほとんど無理やり連れられるような形で行くことになった。診察室で、わたしはガシガシ爪を噛みながら白いソファの上で崩れていた。

「早瀬さん。いいですか。わたしと自殺しないって約束してくれますか？　ボーダーのこともそうですけど、あくまで普通の状態ではないってだけですから、人格障害なんて、言いすぎですよ。わたしだったらあえてそれを自分の患者に伝えたりはしません」

「それはあんたの主観やろ？　しかもなんで初対面のあんたと約束しなきゃあかんねん‼」

わたしは声を荒げた。旦那が、真希ちゃん、真希ちゃん、となだめるようにわたしの膝をさすった。

「わたしにはね……ほんと今後悔しかないっていうか……ボーダーの話もそうですけど、虐待家庭だったしリスカもありましたし摂食障害もありましたし、説明されたとき、自分が境界性人格障害って確信したわけですよ。同じ苦しみをあなたも味わってるならそういう、自殺しないでとか言う権利もあるかもしれないですけど。とにかく、わたしは誰かからあなたが本当に素晴らしいとか中身があるとか自分が思ってるより価値があるとか言われても、一切そうは思わないってか。むしろ本当に空虚だし、無価値だし、今回は自殺の本気度が違いますから。なんとか成功させたかったんです。肺炎併発したのになんでだめだったかなあ……⁉　なんでゲロ詰まって窒息死コースにならなかったかなあ……⁉　だから今死んでないことに後悔しかないんですよ。三十超えて生きてる自分の姿を想像するだけでとにかく気持ち悪いんすよ」

なにかが溢れたように、旦那が、だはは。と泣いた。だはは。眼鏡が瞬間でブワッと曇っていた。だはは。だははは。

「……わたし、そんなやばいこと言ってますか?」

「旦那さんは奥さんの精神状況がこのままであるならいつでも入院させることができます。いつでも強制的に、ですから。大丈夫ですから。旦那さん、しっかりなさってください」

「だは。だはは。はい」

そして、わたしは普通に旦那とそのメンタルクリニックを出た。

「真希ちゃん、昼、なににしようか。デパ地下でも見て、夜ご飯もついでに買おうか」

わたしが後ろを振り向くと旦那の眼鏡はもう曇っていなかったし、その言い方はとても自然な感じだった。そんな優しい空元気を見せられたら、普通のひとなら、だはは、となるのかもしれなかった。だけれど、わたしはだははは。とならなかった。だはは。わたしだって、できることならそう泣きたかった。旦那に申し訳なさすぎて、わたしはこのまま今すぐにでも車にはねられに走っていきたかった。

でも、優弥が待っているという意識がわたしを抑えた。

待ってる、ずっと、お前のこと、何年でも待ってるよ。

わたしは、優弥とのＬＩＮＥのトーク画面に「つらい」「もうむり」「でもこんな優しい旦那の前でなにもする資格ない」「このひとだってわたしに振り回されてようやく耐えているのに」と打ち込んだ。

旦那とはやっぱり籍を抜いて、友達に戻った方がいいのかもしれない、これ以上、誰かを傷つけることにももう耐えられない。

「死にたい」

すぐに既読がついた。

「待ってる」


飛行機の予約はもう間に合わなかったので、わたしは仕方なしに夜十一時五十分発の山形県酒田市行きの深夜バスに乗った。金曜日ということもあって、バスタ新宿内にあるコンビニは混みに混み合っていた。優弥に東京ばな奈でも買っていってやろうかとも思ったが、普通に無理なぐらいひとがいた。乗車前、いつもより少し多めに睡眠薬を飲んだけれど、バスが揺れまくったせいでほとんど寝られなくて、おまけに窓側だったのでトイレにもなかなか行けず、しかもなんと車中では酒はNGで、なんの娯楽もない、悶え苦しむような九時間をわたしは過ごした。なんという悲劇!!　これだからバスは……と、文句を心の中でずっとぶつくさ呟いていた。着いたら優弥を一発殴ってやろうか!?　だけど、早朝、バスが終点の酒田に着くと、優弥はなんともない様子で、バス停の前でわたしを待っていた。それだけで、ぶっ倒そうという気持ちは吹っ飛んだ。その、優弥のなんともない様子が、なによりも嬉しかった。

優弥がわたしに、流石に大学時代から考えれば少しだけ老けた感じはしたけど、それでも整った顔をこちらに向けて、

「よ！　元気か？」

と言った。

わたしはますます嬉しくなって、

「来たぜオラァ酒田によー！　来てやったぜマジで‼」

わたしたちは強めのハイタッチをした。

大学卒業後、もう七年が経っているのに、わたしたちの関係はなんら変わっていなかった。

わたしは安堵した。少し歩くと、がらんとした駐車場に優弥の軽が止まっていた。

「なにあんた、車持ってるわけ？　詩集売れて笑いが止まらんってか」

「嫌味か？　田舎だと車持ってないとどこにも行けないから」

わたしはふーん、と言って車に乗り込んだ。

「おどれの詩集持ってきたからサインしてや。メルカリで売るから」

「アホめ。お前、金持っとるやろが。それ、お前の灰皿。俺のはこっちにあるから」

「どーもー、気が利くねえ」

わたしは早速、車の窓を全開にして、セッターを爆吸いし始めた。酒田の空気はとても綺麗で、わたしはなんかハイテンションになっていたので、空気が激ウマに感じられた。酒田は港町だから、海風が頬を緩やかに撫でた。たくさんの漁船が泊まっていた。

さっきバス停で優弥を見たとき、今日、わたしたちはセックスするんだろうな、って確信していた。もうだいぶわたしたちはいい意味でも、悪い意味でも、大人になってしまっていた。初めて出会ってから十一年間も経ってしまっているし、セックス抜きの時間なんてもう過ごせる気がしなかった。

「ホテルとってないから、泊めて」

「はいよー」

優弥はいかにも普通そうにそう言って、車を運転し始めた。

「どっか行くの?」

「荒れた日本海でも見せてやるかと思って」

「荒れた日本海、クソウケる」

「マジで演歌の世界だから」

「何分ぐらいで着く?」

「七分」

「りょ」


海に着くと、風力発電の発電機がいくつもガンガン回っていて、エヴァンゲリオンの使徒が何体も舞い降りた、みたいな感じだった。

「はは、日本海、荒れとるなー」

優弥は呆れたように笑った。

「晴れてるのに風寒いしな。おい詩人。詩人ならこの風景を今すぐ詩にせよ。ただちに」

「現代詩を馬鹿にするもんじゃない。現代詩はな、……いや、もういい。でも、この環境とか、景色があったら、お前の病気も、もしかしたら、よくなるかもしれんって思った」

「……」

「待ってる」

わたしは優弥の横顔を見つめた。

優弥の家に着いてからは、もうすぐに始まった。

玄関で、わたしたちは服を脱がせあった。

「ごめん……パンツの匂い嗅がせてくれへん？　吸ったらもっと興奮するんだけど」

「変態かよ……」

「あー……ちんこの匂い。むらむらしてきた‼」

呼吸は荒く、汗まみれになって、すぐにベッドに移動して、何回もキスをした。何回キスをしても足りなかった。

「お前の背中、すっげー汗かいてる。エロいってば‼」

押し倒されたわたしは優弥の小さな顔を両手で包み込んで、唇を押しつけた。わたしはもう別に、優弥と関係を持っても大丈夫だと、そう思った。待ってる。そう言った、あの優弥の横顔を見たあとだから。

優弥は軽かった。そしてその肌はとても冷たく、いかにも病人という感じで、わたしは切なくなった。

「お前は俺の頂点だから」

「……」

「何年経っても、待ってる」

わたしは学生時代の頃を思い出していた。優弥の財布をパクってパチンコに行っていたこと。でもそんなわたしを優弥は一度も怒らなかったこと。愛しくなって、わたしは言った。

「コンドームつけなくていい。タルい。ピル飲んでるから。早く挿れて」

そして優弥のものが中に入ってきたとき、わたしは喘いだ。とんでもなく喘いだ。

「お前の中、熱……」

「めちゃくちゃにして。お願いだから」

優弥は奥までガンガン突いてきた。

脳みその中で、ドーパミンがドバドバ出た。愛液も止まらなかった。

前、躁状態でハプバーに行ったときは不感症かと思うくらい感じなかったのに、優弥となら、こんな風にまだ感じられるのだと。優弥は色んな体位でわたしを楽しませた。わたしは何回もイッた。優弥が俺、そろそろイキそう、と言ったので、わたしは優弥のものを咥えた。

「口の中で出して」

わたしはセックスしているときだけ、自分が、生きているように思えるのだった。

「あんたといる瞬間だけは、ホンモノや」

優弥のどろり、とした精液が喉の奥まで入ってきた。わたしたちは大人になった。なってしまった。

セックスが終わって、煙草を二人で吸いながらベッドでボケーっとしているときにわたしは能天気に言った。

「あんたのパンツ、まじでちんこの匂いするなー。わたしは好きだけど。というか、昔のひとがさ、戦争行くぜ‼　ってときに、自分の切った髪を女のひとに渡すよね。でも絶対、髪よりパンツあげた方がいいよな」

すると、優弥がボソッと言った。

「もう俺、待てないわ、お前とのセックス良すぎるわ。オカン死んだし。全部、お前と繋がってるし。オカンが死んだのもお前と一緒になれってことかも。俺、お前の煙草とかになりたいし。俺の頭、治ったみたい。幻聴も止んだし、今だわ」

わたしはベッドを抜け出し、シャワーを浴びようと、床に落ちていた、年季の入ったバスタオルを拾い上げた。

「え。ん。ごめん。聞いてなかった。なにが今よ?」

「死ぬの今だわ。なんとなく四百万貯めた。来ないお前を待ってるのが、楽だったから、そうしてただけだったのかもしれない。最初から本当は死にたいって思ってたのかも。最近はずっと死ぬための剃刀常備してるしさ。スイスに安楽死ツアーあるんだけど、俺、それ行くの。付き添いで、お前、来る？」

だはは。わたしは泣いた。優弥が重度の鬱状態にあるのがわかったからだ。

わたしは優弥が眠ってしまったあと、精神科に電話し、急いでこの発言のことを医者に伝えた。すると「すぐに連れてきてください」と言われたので、眠剤でボケている優弥をタクシーにぶち込んで送り出した。

そして優弥は山形市の大きな精神病院に入院した。それから二年間、優弥と前のようには連絡がつかなくなった。

わたしたち夫婦は、別居していて、というのは前にも言ったような気がするが、わたしはというと自分の会社のオフィスで寝泊まりしていた。旦那はわたしと出会った古巣の前職から栄転して、転職していた。その会社のオフィスが移転するからとのことで、彼は会社まで徒歩圏内の十六万七千円もする新築の賃貸マンションに引っ越した。わたしがオーバードーズでやらかしてからというもの、薬を旦那に管理してもらうように医者から言われていたので、わたしはその日、彼の新しい家に初めて入った。

「おお。なにこれホテルっすか⁉」

その賃貸は流石家賃を馬鹿高く取っているだけあって、大理石の綺麗に磨かれた床に、クリーニングをいつでも出せる広いエントランスみたいなものもあり、なんとエレベーターに乗るときはカードキーを挿し込まないと乗れないみたいな感じでとにかくわたしは面食らった。

「あのー、すみません、ちょっとわたくし、このカードキー、挿してもよろし？」

「どうぞどうぞ。もう僕はこの家賃のために働くんで」

「いやぁ……上場企業の社員のひとは流石に凄いところに住みはるねえ」

「そんなこと言っても、あなたの新宿のオフィスだってここの家賃とそんなに変わらないじゃない。しかもここより倍の広さだしさ」

「いや、まあわたしのオフィスは経費で落としてるから、自分では払ってないからさ……ま、そんなことはどうでもいいんだけど」

わたしはエレベーターの中で、リュックに詰めたシャンパンの瓶を取り出した。

「引越し祝いとでもいきましょうや」

優弥と連絡がつかなくなってから、わたしの飲酒量はものすごく増えていた。体重も増えた。

「また酒？　最近あなた、飲みすぎじゃない？　薬と酒は基本的にダメじゃん」

「もうそんなの今更よ。何年薬飲んでると思ってんの？　十七歳の頃から精神薬漬けですよこちとら。ちょっと酒飲んだぐらいで、ねえ」

「まあ、もう僕は止めないけどさ……」

もう僕は止めないけどさ。だって、きみと僕は他人。暗に、そう言われている気がした。わたしと旦那の間に、薄いガラスの板みたいなものがあって、それで区切られているようだった。たった一言でここまで考え込んでしまうのは、流石に自分でも面倒臭い女だなと思ったけれど。

旦那がつまみを作って、わたしは盛大に酔っ払った。そしてアプリでタクシーを呼び、

「帰るわ」

と言った。

「うん、そろそろ。僕も明日朝早いし」

タクシーアプリがあと四分で着くと表示したので、わたしは一週間分ぐらいの薬を貰い、じゃー、と手を振り、部屋を出た。旦那の部屋はもちろん禁煙なので、タクシーに乗るために外に出たあと、すぐにわたしは煙草に火をつけた。ただただ息苦しさがあった。いかに自分の感情を抑えて、相手を傷つけないようにするので頭がいっぱいだった。わたしはなにを引きずっている？　という疑問。結婚生活の挫折を、わたしはいつまで持ち続ければいいのだろう？　もう優弥はわたしを待ってくれていないのに……。タクシーに乗るとき、わたしは孤独で頭が

ぐしゃぐしゃになっていた。雨が降り始めていた。車道を走る車のヘッドライトが、じんわりと濡れて、陽炎のように、うなるように、輝いていた。本当にひとりだ。今、わたしは、誰からも求められていない。このやるせない生活は、旦那が、突如首吊り自殺をするまで、続いた。

旦那の部屋に三人ぐらい刑事が来て、バシャバシャと写真を撮っていた。わたしがいつだか旦那の部屋に持ってきたシャンパンの瓶からも指紋が採取されていた。

それからわたしは連行され、警察から長い時間、事情聴取を受けた。事件性も考慮すると言われたからだった。

「それってわたしが彼をそうするように仕向けたってことですか。馬鹿馬鹿しい」

「あなた、以前、救急病院に入院されていましたよね？　しかもＩＣＵに。自殺未遂で」

「そうですね」

わたしは鼻で笑った。それがなんだっていうのか。

「あなたが旦那さんを追い詰めたのではないですか」

「……」

わたしは無意識のうちに机の端っこをヒールでガン、と思いっきり蹴っていた。

「そうかもしれないですね」

それからもうわたしは半笑いしかできなかった。にへらにへら。わたしがオーバードーズして、自分のオフィスに刑事が事情聴取に来て、旦那が取り調べを受けたときも、こんな気持ちだったのかと、わたしは思った。

「なにを笑っているんですか?」

「……いえ、特に。もう終わりなら、帰っていいですか?」

「またご連絡します。今日のところはこれで結構です」


旦那の件は、部屋から遺書が見つかったことで、自殺と正式に認定された。わたしは旦那の葬儀が終わってから一週間後、未だ片付けられていない彼の部屋に、警察のひとから呼び出された。

「奥さん、これ、持っててください」

「なんですか、これ」

「旦那さんの遺書です」

「遺書……こんなレシートの裏に……」

レシートには、コンビニで買ったクリームパン一個だけの印字がなされていた。

わたしはレシートの裏に書かれた文言を読んだ。


ずっと好きでした。あなたを助けてやれなくて、ごめんなさい。


わたしはその瞬間、至るところに旦那の匂いが染みついた部屋で、煙草を吸い始めた。わたしはレシートをぐしゃぐしゃに丸めて、テレビ台の前に投げつけた。

「奥さんちょっと……」

「黙っとらんかい‼」

わたしは、もうどうしていいのかわからなかった。だから、タクシーをかっとばして、新宿のゴールデン街に出向いた。そして、適当な店に入った。テキーラを頼んで、チェイサーにビールという組み合わせでガンガン酒を煽った。

隣のむくんだ一重の女の手の甲に、猫のひっかき傷があるのが目に入った。

「それ……猫ですか？　ひっかき傷」

「そうなんですよ、うちの子やんちゃで」

だから、大声で言った。

「わたしもリスカ跡ありまぁーす‼」

狭い飲み屋が、わたしの言葉で、一気に終焉の空気になった。わたしは店番のひとに、ちょっと、と追い出され、あなたもう出禁ね、と言い渡された。

わたしはこんなにも自己中な自分のことを、愛することができない。本当に、その方法を、知らない。だはは。今だ、だはは。と泣くのは。できることなら、自分を投げ捨てたい。わたしは、旦那を愛していた。だはは。だはは。

そして家に帰って、この自分の泥臭いケガレを落とすか、と思って、風呂の蛇口をひねったが、わたしは、いやだめだ、自分のケガレは落ちることはない、自分が旦那を殺したようなものなのだから、もっと、旦那と同じようにしなければ、と玄関のドアノブに編み上げブーツから抜き取った靴紐をひっかけて、首に巻きつけた。薬では死ねないことはもう実体験で実証されている。飛び降りか首吊りしかない。数秒、ゆっくり呼吸したあと、わたしは靴紐で作った輪っかに首の重心を置いた。頭に酸素が回らなくなって、ふわふわとしてきた。わたしなんかを、助けてやらなくてよかったんだよ、こんなわたしに対して、責任を感じなくてよかったんだよ……。わたしは号泣していた。そして、意識を失った。

普段は鳴らないはずの、風呂のタイマーが鳴って、わたしは、目を覚ました。靴紐の輪が緩まっていた。そして、玄関に崩れ落ちた。わたしはくく、と笑った。笑いが止まらなかった。自分を制御することができない。ひとりでいることの退屈と、寂しさの区別がつかなくて、もうわたしは、どうにもならないところまで来ていた。

朝のぼやけた頭で、久々に優弥のことを考えた。待ってる。二年前、優弥の言っていたスイスの安楽死ツアー。スマホで検索すると、普通にツアーの予約画面が出てきた。パスポートの期限はまだ切れていない……わたしはANAのサイトから急いで羽田から山形の庄内空港までのチケットを予約した。わたしも、優弥と同じように、「死ぬなら今だ」と思ったのだ。以前、山形市の病院から家の近くの病院に転院したことだけは優弥から聞いていた。酒田には、長期入院できるような大きな精神病院は、一つしかない。

わたしはいかついシャネルのサングラスをかけ、キャリーケースをガラガラやりながら、黄色と白のモルタルで固められた監獄のような精神病院の受付に走った。

「すみません。すぐ、今すぐ面会したいのですが」

「どなたの面会でしょうか」

ポロン。

「優弥……いや、加藤優弥さんの」

「失礼ですが、加藤さんとはどのような関係ですか？」

受付の女性がポロン、とタッチパネルを叩いた。

「セフレです」

「は……？」

ポロ。タッチパネルの音が止んだ。

「いや、すみません、親友です」

受付の女性が怪訝な顔でわたしを見ながら、タッチパネルで操作を再開し始めた。ポロン、ポロン、ポロン。

「……加藤さん、ちょうどお昼ご飯を食べ終わったところです。すぐにご案内できますが、少々お待ちください。ちなみに、ご本人さまとは、面会の約束を取られていますか？」

わたしはヒステリックに叫んだ。

「その、ポロンポロンっていうのウザいからやめてくれません⁉ そんなもんどうだっていいでしょう⁉ だってわたしは、わたしは……いや、さっき、取りました。はい、大丈夫です」

「……」

受付の女性は諦めたかのように言った。

ポロロン。

「どうぞ、四階の二号室になります」


優弥は、二号室のすぐ奥にあるバルコニーにいた。バルコニーの先には、患者が飛び降りないようにするための頑丈な鉄の柵があった。優弥は昔、酒田で一緒に見た、海辺の、風力発電の、発電機を見ているようだった。遠くても、それでも、エヴァンゲリオンの使徒みたいなそれらを。もう今や、優弥はその景色を詩にはできないだろうそれらを。

車椅子のその後ろ姿を見て、わたしはもうなんとも言えなくなった。二年間。この二年間のブランク。わたしはおそるおそるバルコニーの扉を開けた。すると、若い男性のスタッフが声をかけてきた。

「面会の方ですね?」

「はい、そうです」

「面会に来てくださって、ありがとうございます。というのも僕はずっと加藤さん担当だったので……。お帰りになるときは気兼ねなくお声がけくださいね。今は倍量の薬を飲んで、加藤さん、だいぶ落ち着いていらっしゃいます。大丈夫だと思いますが、もしなにかあったらすぐ呼んでください。それで、あの、最初は驚かれるとは思いますが、加藤さんの右腕のことです。加藤さんの自殺未遂の失血が酷く、切断しております。あと、認知機能もかなり落ちているので、あまり会話に反応できないと思います。そこは理解して頂けると助かります。それでは、僕は失礼しますね」

彼は愛想よく立ちあがって病室へ戻っていった。右腕切断って……。優弥が「死ぬの今だわ」と言ってから、わたしがタクシーにぶち込んだあと、どのタイミングかはわからないが優弥は常備していると言っていた剃刀で自殺を図ったのだ。わたしに見放されたと思ったなら、それはもう圧倒的孤独だったに違いない。わたしは優弥のいる位置にしゃがみこんだ。

初夏の真っ青な陽光が燦々と、優弥の力のない黒髪と、焦点の全く合っていない目に降り注いでいた。優弥は突然現れたわたしになにも言わなかった。それが意図的なのか、薬でボケているのか、もはやわからなかった。統合失調症の薬の副作用でやつれきって、少し震えて、そして、目の下に酷い鼠色のくまを作って、その血色のない唇には紫のくすみしか……そう、静かに、とても静かに、優弥は、襟に薄い線が入った患者衣を着て、佇んでいた。膝の上に乗せられた左手は、スマホを握っていた。その画面は、わたしの携帯番号を表示していた。

わたしは頭をかきむしった。わたしは優弥となにも向き合っていなかった。旦那とも向き合うことができなかったし、優弥という人間を、なにも尊重してこなかった。わたしは、うつむいて、また頭をかきむしった。コンクリートの上に、愚かすぎる涙がぼとぼとと落ちた。……この姿を、あまりに変わり果てた優弥の姿を、鮮明に焼きつけようと、優弥をしっかりと見た。

「優弥」

優弥はわたしの方をちら、と見た。その瞳には全く魂がこもっていなかった。

わたしは咄嗟に言った。おこがましいその台詞を。

「迎えにきた」

「……」

「迎えにきた」

「……」

「スイス、行こう、一緒に」

「……」

「もう、優弥から逃げないから、お願いだから……今までずっと待っててくれたんだよね、そうなんだよね？　遅くなって、本当にごめん……」

わたしは車椅子の優弥を、痩せすぎた優弥を、力強く、抱きしめた。身体を離すと、優弥はわたしの目を見ていた。

その目は元の優弥の目ではなかったけど、今のわたしにはそれで十分だった。その目の中には、今までのわたしの人生の全てが映っていた。


その後、優弥は投薬治療がうまくいったのか、ある程度の落ち着きは見せていた。退院することができたのだ。しかしまだ現状把握力や認知能力は皆無に等しいので、毎日、身の回りの世話をしてくれるヘルパーさんを呼ぶことになった。

わたしは優弥を支えるために、酒田のアパートを借りて、毎日会いに行くようにした。東京の会社は責任者の子に任せて、しばらく酒田で暮らすことにしたのだ。

「ぼく、だれ？」

「優弥。加藤優弥っていうの。優弥、手をあげて」

「？」

わたしは、優弥の左腕を優しく持ち上げた。そして、わたしと優弥はハイタッチをした。

「わたしが酒田に初めて来たとき、こんな風にハイタッチしたよね」

優弥は目をとろんとさせながら、何度もわたしの手のひらや、腕や、肩を、弱めに叩いた。

わたしは昔のことを思い出して、思わず取り乱しそうになった。

わたしが時間を忘れて優弥とパチパチやっているとき、毎日来る訪問のヘルパーがやってきた。

「ちょっとあなた、病人に暴力は……」

わたしはふたりの時間がぶっ壊されたことでぶちギレて、

「うるせえ‼　これは暴力じゃねえんだよ‼」

と叫んだ。

「……大声は近所に迷惑です。今、加藤さんを安静にさせてあげないと、あなただって困るんですよ。元気な加藤さんとまた会いたくないのですか?」


わたしはまた次の日、優弥の家に行った。優弥の第三詩集、『待ち合わせ』を持って。そう、あの詩、『トウキョウのまきちゃん』が入った詩集。

「これはなに?」

「これ、あんたの詩集だよ。あんたの書いたやつ。ものすごく評価されたんだよ。これの中に入ってる詩なんだけどね、あんたがわたしのために書き下ろしたの。懐かしいなあ」

「てくび、きず」

「ああ、これ……」

「いたかった？」

優弥はわたしの腕を優しくさすった。

わたしはリスカの痕を後ろに隠しながら、首を振った。

「こんなの、全然、優弥に比べたら、なんてことないよ……」


ある日、ヘルパーが優弥の左腕のマッサージを終え、玄関で帰る間際に言った。

「早瀬さん」

「なんですか⁉　またケチつけるつもりですか。わたしと優弥は昔からの……」

「そういうことじゃないです。少し病院の方に聞いたのですが、あなた自身も確か精神病を患ってらっしゃいますよね。今の加藤さんにとってあなたはとても感情を揺さぶる存在です。だから毎日来られない方が、お互いのためにいいんじゃないかと思います。どのようなご関係か、わたしにはよくわからないのですが」

「……わたしたちの歴史をあんたが壊していいわけないだろ‼」

「早瀬さん、そういう、あなたの昂りが、危険だと言ってるんですよ」

きりきりしたハリネズミのような顔をしたそのヘルパーは、わたしを確実に追い詰めた。

「帰ってください。とりあえず、今日は……今日は……帰ってください……」

わたしは疲れて言った。ヘルパーは、また明日来ます、と言って、出て行った。


もう三ヶ月ぐらい経ったと思う。わたしは、ヘルパーに来るなと言われながらも、優弥の家に毎日来ていた。ヘルパーと一触即発のバチバチな関係にあったのは変わらなかったが。

ある日わたしが優弥の『待ち合わせ』を読み聞かせて、

「じゃあね、また明日来るから」

と言って、鞄を引っ掴んで帰ろうとしたとき、優弥が左腕でわたしの服を掴んだ。

「まき」

「え……今、まきって」

「ずっと、待ってた」

わたしはその場で泣き崩れた。

優弥は、二ヶ月後の安楽死ツアーまでに車椅子なしでも歩けるまで回復していた。だからわたしは優弥を連れて、東京の成田空港まで行き、スイスの中心部に着くチューリッヒ・クローテン国際空港までのチケットを取った。そのツアーには飛行機分の値段は含まれておらず、最期の観光と、実際にスイスの病院で注射を打ってもらう料金のみで二百万、ふたりで四百万だった。そのとき、わたしはあくまで付き添いで来た、ということになっていたけど、本気で、優弥と一緒に死ぬつもりで来ていた。それを、いつ言うか迷っていた。病院に着いてからの直前なのか、それとも、観光が終わってホテルで一夜を過ごしてからなのか……。

そして、わたしはずっと考えていた。まだ、優弥に聞けていないことを。

わたしとヤッたから、もう満足して死のうと思ったの？　それともお母さんが死んだから、もういいの？

わたしたちは結構早めに着いたから、空港内の喫煙所をふらふらと歩きながら探していた。でも、なんだか空港全体がピリピリしているように感じた。出国制限のプラカードや警告カードがあって、ん？　なんかあった？　という感じだったけど、一切新聞を読まないわたしにはなんのことやらわからなかった。

それをなにも気にしていないような感じで、優弥が言った。

「お前だけに知ってもらいたいんだけど」

「なに……」

「お前と二年前セックスしてから、入院したけど、本当はまだ幻聴が続いてる。死ね、死ね、ってずっと頭の中で響いてる。オカンは死んだし、最終的にお前が迎えに来てくれたけど、お前のせいでもなくて、全部俺のせいなんだ。結局、俺の病気は治らないんだよ。どうしても」

「……煙草、吸おうよ」

でも、そうわたしが言った瞬間、まだ誰もいなかったはずの場所にたくさんのひとが集まっていて、ツアーガイドのひとが、お待たせしました、と叫んでいた。行ってみると、ほとんどが老人だった。わたしたちだけが浮いていた。わたしたちだけが異様に若かった。他の参加者たちがじろじろとわたしたちを見て、なにかを囁きあっていた。

そして、わたしたちは十三時間の旅に出ることになった。でもふたりとも、いつも飲んでいるものよりはるかに強力な眠剤をこのツアーのためにわざわざ処方してもらったので、十三時間なんて、あっという間だ。

「日本の景色ってマジでクソなんだな……」

優弥が、空港から出るなり、あたりを見回して言った。

わたしも、スイスの建築のあまりのこだわりように驚いていた。ってかテレビで見る外国のやつじゃん。みたいな馬鹿な感想が頭の中を駆け巡った。いや、もちろんここは外国なんだけどさ。もっと、別の形で、優弥と、一緒に来れたらよかったのに、と……。

「……子どもも可愛いし、スイスで生まれたかったかも、わたし」

金髪の小さな子どもたちが青い風船を持って広場を走り回っていた。

ツアーで連れて行ってくれる観光名所は、国立博物館と、チューリッヒ湖畔だけだった。だから、わたしたちは自由時間の間に「トーマス・マン資料館」に行くことにしていた。ふたりとも、マンの強烈なファンだったから、最期に、と思って。

「子どもか。俺ら、ふたりで、子ども作ってたら、また人生変わってたのかな」

「多分、変わんないよ。わたしは優弥が待ってくれてただけで、十分だと思ってる」

「そっか……」

皆でぞろぞろ歩いていると、突然優弥は、列の最後尾で叫んだ。

「あー‼」

なで肩のツアーガイドがびっくりして、こちらを振り向いた。

「な、お前、俺の骨持って帰って、酒田の海にでも、投げてくれー‼」

優弥はびっくりするぐらい元気だった。わたしは、言うなら今だ、と思った。

「あ、あのな、優弥、いや、せっかくスイス連れてきてもらったし、わたしも死ぬわ」

「あはは。なんかこいつ言ってる。誰か止めたってー」

「いや、ガチガチ」

わたしは優弥の顔を眺めてカラカラ笑った。だって、ここまで一緒に来たんだよ。

「なに言って……」

「いやワイもどうしようもないし、この先なんかあるわけでもないから……」

瞬間、わたしは優弥に頬をぶん殴られていた。わたしは美しい広場で盛大にこけた。

そして優弥は即座に走り出していた。だはは。優弥はそう泣いて走り出していた。わたしは
その華奢な後ろ姿に向かって、声をひり出した。

「優弥ー‼　ホテルで待ってるからー！」


優弥はホテルに夜中戻ってきた。

「あ、おかえり優弥。なに、号泣してきた？」

わたしは、笑いながらベッド空いてるよー、と自分の隣をドンドンやったが、優弥はそれには応えなかった。

わたしはホテルの冷蔵庫からバシバシ酒を飲んでいた。

優弥は、冷たくて淋しい空を見ながら、言った。

「スイスってこんなに流れ星が流れるんだ」

「……ええ？　流れ星？　あ。ほんとだ。でもこれ斜めに飛んでんじゃん。マジで流れ星なの？」

わたしはなんとなしにテレビをつけた。

「雷みたいな音も聞こえるし……あーこれ、なんかどっかで戦争やってるみたいだよ」

言葉がわからないので、どこの国の戦争の話で、何人死んだとかはわからなかったのだけど。

でも、優弥はそれには全く興味がなさそうだった。

「ほら、また落ちた。……こんなの、明日死ぬのに、卑怯だよ、綺麗すぎる」

「ほんとだ……」

「なあお前、やっぱり考え直してくれない？」

「なにを今更ぁ‼　てかここまで来てさあ、考え直すと思うの逆に。優弥のリハビリにつきあえたことが、もうなによりも幸せだったんだよ、わたし」

「……」

「病気がよくなるの、待ってた。優弥に比べたら、なんでもないんだけどさ」

「……」

緊急速報みたいなものが、テレビからアラームのように鳴り続けている中、わたしたちは抱きしめあった。

わたしたちはそれからふたりで、嘘だろと思うくらいに流れ続ける星を見ながら、最期に、これ以上ないほど優しいセックスをホテルの窓際で何度もした。

しかし、ベッドで眠りに落ちようとしているとき、爆発音とものすごい衝撃が響いて、直後にわたしは意識を失った。


目が覚めると、病院だった。

またか。と思った。

「しっかりしてください‼」

女性の医師が切迫した顔でわたしに心臓マッサージを施そうとした。わたしはそれを嫌がって、大丈夫です、大丈夫です、と繰り返した。腕にはやはりぶっとい針がいくつも刺されていて、わたしはあのときの既視感で狂いそうになった。

「意識、あります、ありますよ、というか、なにが起きたんですか……？　優弥はどこに……？　ちょっと優弥はどこにいるんですか‼　ってかなんでここは日本」

「日本大使館が急遽、戦争のことがあって、わたしたちを派遣して、スイスにいたあなたたちを連れて帰国してきたんです。スイスでまさか戦争なんて」

そうしてわたしは思い出した。優弥が身を挺してわたしを相次ぐ爆撃から守ってくれたこと。優弥の左腕に抱かれた感触が残り続けていること……。

「優弥は！　優弥は別の病室ですか⁉　今すぐ会わせてください、お願いします」

「今の早瀬さんの状態では……」

だから優弥はどこにいるのか聞いてんだから答えろオラ‼　そう言おうとしたが、声が出せなかった。

わたしは自分の身体についていたいろんな管をぶちぶち抜いて無理やりに起きあがろうとした。でも無理だった。どうしても身体が追いついてこなかった。

「早瀬さん、早瀬さん、お願いだから、落ち着いてください」

わたしの目から涙が溢れた。医者はわたしを憐れみの目で見ていた。それでわたしは、全てを理解してしまった。

「……優弥、死んだんですね？　そうなんですね？」

「加藤優弥さんは……昨日……はい……お亡く」

最後まで医者が言う前にわたしはベッドの上で絶叫した。


病院から退院できたのは、それから二ヶ月後だった。

ただただ呆然として、会社も畳んでしまって、わたしは東京の狭いアパートで煙草を吸っている。ただ、今は、なにも考えず、それだけの生活を送っている。

わたしは爆撃で左腕を失った。だけど、わたしは克明に覚えている。一緒に逃げるときに、優弥の左腕に掴まれたわたしの片腕のこと。今わたしは、幻肢という痛みと戦っている。優弥はどうだったんだろう？　これは呪いなのかもしれないが、その感触は生々しく記憶に刻まれている。

だが、これは少女の頃のわたしが望んでいた魔法がようやく叶えられたのだと言うこともできる。「マジカルシャイン♡」なんて呟かなくても、その魔法は、発動し続ける。

優弥が左腕で掴んでくれた、わたしの失くなった片腕の記憶をいつまでも思い出させてくれること。幻だとしても、いつまでも手を繋いでいてくれること……。

# 精子水族館

かれの精子を一気に飲み干すと、胃の中に精子の大群が群れをなし、ぶわりと泳いでいるのが見えた。わたしはそのあまりの荘厳さに立ちすくみ、見たことないけれど深海ってこんな風なんだわと思い、美しいこの光景を絶やすまいと決意した。群れをなした精子たちは時々ぐるりと胃の中で大展開し、そのきらめく横肌を見せたりした。きっと、これらは命の弱いものから順にさらさらと死んでいくのだろう。

だけれども、わたしが世界で一番愛しているかれ――さとるっちは旺盛なひとだから、きっとこの水族館も滅多なことでは潰れたりしないだろう。わたしは一度自分の部屋に戻ってから、食道に引っ掛けた椅子で、胃の一番下まで降りて行った。そして、その精子水族館の前に小さな木の椅子と入館料を入れる黒色の箱（元々は靴箱だったもの）、白いプラスチックテーブルだけの粗末な受付スペースをこしらえた。わたしは『これ』、つまり――精子水族館を世の中の人々に広めようと思ったのだった。

次の日の朝、わたしとさとるっちがベッドの中で寝ぼけながらも激しい一戦を交え新しい精子を飲み干してから、派遣会社に行く前に胃の下へ降りてゆくと、最初の来場者が来ていた。半袖のスーツを着た、おそらく四十過ぎの父親と、小学校低学年ぐらいのつるつるした男の子だった。後にこの精子水族館の年間パスポートを買うこととなる男の子は父親に『ぽっちゃん』と呼ばれていた。わたしは急いで彼らに駆け寄って頭を下げ、丁寧に挨拶をした。

「大変お待たせしました。わたしがこの『精子水族館』館長の山下まみと申します。いらっしゃいませ」

わたしは急いで入館料入れの箱を探してから、

「入場料は大人二百二十円、子どもは百円になります」

と言った。言ってから、クソッタレ安すぎるもっと値段をつりあげてもよかったと自分にキレそうになったけれども、まずは集客だ。集客をしてからじゃないと話は始まらない。これは最初のキャンペーン価格だから我慢我慢、と自分に言い聞かせた。父親と『ぽっちゃん』は財布から箱に小銭を入れてから、感想を漏らし始めた。

「凄いなあ。泳いでる」

父親はハンカチで額の汗を拭きながら、精子の大群を見て言った。それはグロテスクなものや不可解なものに遭遇したというより、宇宙の神秘をビシバシ肌で感じているような物言いで、わたしはとても気分が良くなった。

「ぽっちゃんはまだわからないかもしれないけど、このお姉さんがこれを作った意味が、いつかわかるようになるよ」

「魚みたいで、きれい。でも魚じゃないんだよね？　お姉さん」

「うん、魚じゃないの」

わたしは我ながらとんでもなくいい見世物を作ったんじゃないかと思った。手取り十九万の派遣奴隷のくせに。

「ぼく、これ、触りたいな。それは難しい？」

「うーん……触りたいよね。そりゃ触りたいよね。ちょっとお姉ちゃん考えてみる。今このメインの水族館しかまだ出来てないから」

「ありがとう！」

スマホを見ると、もうそろそろ出勤する時間だった。

「あの、お二人、今日は来て下さりありがとうございます。わたしそろそろ出勤でして、帰られる際はあそこの梯子を登っていけば外に出られますので、ご自由に見ていってください。と言っても、さっきぽっちゃんに言ったとおり、この水族館しかまだないんですけど。今後増えていく予定ですので、お楽しみに」

「わかりました。楽しかったよ。ありがとう」

わたしと父親は固く握手を交わし、ぽっちゃんの頭を撫でて、急いで梯子を登って行った。

共に二十三才のわたしとさとるっちは環七沿いのワンルームに同棲という、ひとたび喧嘩でもすれば劣悪極まりない環境のもとで暮らしている。そしてふたりともまだ社会に入ったばかりで、だからこそ当たり前に貧乏なわけで、いつもお弁当を作っているのだけど、その時間がなかった。今日はコンビニで済ませてもらおう。もうすぐ夏休みだし、親子連れや子どもたちを満足させる精子ショーやお触りコーナーを次々と作っていかないとすぐに飽きられてしまう。子どもたちには千円で買える年間パスポートも用意しなければ！　そのパスポートは決して『ちゃち』なものであってはならない。男の子用は青の紙、女の子用はピンク色の紙を使って、きちんとラミネート加工をほどこして、毎日使いたくなるものでなければならない。


「うわー、まみっちゃん。今日お弁当じゃないじゃん。何？　朝からさとるっちとおさかんだったの？」

わたしがコンビニの袋をガサガサやっていると派遣仲間のチリコが言った。チリコは頭の上の半分だけが黒で、毛先だけが痛んだ金髪という汚い髪をしていて、わたしは正直、このヤンキー上がりのチリコがそこまで好きではない。

「うん……さとるっち、元気だからさあ」

「いいなあ。うちんとこなんて七年間レスなんだけど」

瞬間、わたしはドン引いた。七年間レスでよく一緒に暮らしてんな！

「それは流石にやばいんじゃないの。七年間って……子宮が乾燥するて」

「子宮が乾燥するてまみっちゃん毒舌やな。同僚としてちょっとマジで嫌いなった。まみっちゃんってさ、自分が一番と思ってて本当は全員のこと見下しててっしょ。だからそんな発言が出んだよ。ってか子宮が乾燥するとかそんなん今SNSに書いたら大炎上すんで」

チリコはド正論でガチ切れしたのか少し呼吸が荒い。わたしはいたたまれず、サンドウィッチのゴミ袋に目を落とす。確かにわたしはこの会社にいる人間のことも、チリコのことも、見下してる。さとるっちとわたしとその愛の結晶である精子水族館だけが至上だって、確かに思ってた。

「……ヤニでも行ってくるかあ」

チリコが喫煙所に行ってからすぐ、わたしは現実逃避のように通勤途中のダイソーで買った水色のビニールプールと、ポンプと、ガムテープを持って胃の中にこっそり降りて行った。誰もいなかった。まだ始めてすぐだとはいえ、さとるっちの精子水族館に誰もいないという事実はわたしを戦慄させた。わたしにはこれを広めなければならないという使命があるのにもかかわらずだ。

ツイッターで広告を出してみようか？　タイムラインに出てくるプロモーションってやつ。これから色々勉強しなきゃなあ……と思いながら、ビニールプールをくわえて膨らませて、水族館を見ると、朝飲み込んだばかりなのにもう何匹かの精子がはらりと底に沈んで、死んでいた。わたしが考えていたよりはるかに精子の寿命は短くて、わたしは焦った。これは水族館で儲けて、さとるっちに高タンパクのものを食べさせないと存続の危機だ。どんどん出してもらわないといけないんだから。

わたしは毎日のくだらない事務仕事にやられて胃に穴があきそうになっていたから、ちょうどそこにポンプを突っ込んで、何匹かの精子をビニールプールに入れた。ビニールプールの中で精子たちは元気にぐるぐる泳ぎまくっていて、わたしは思わず、おお……！　と歓声をあげた。

わたしはビニールプールの中に手を突っ込んでさとるっちの精子を撫でた。それは少しぬめっとしていたけれど、確実に生きていて、わたしは笑った。これは子どもたちが喜ぶんじゃないか？　そしてその精子たちを元の水族館に戻してから、すぐさまガムテープでポンプを突っ込んでいた小さな穴を塞いだ。

「まみっちゃん！　まみっちゃんてば！」

「どしたの、チリコ」

「もう昼休み終わるよ！　さっきめっちゃボケーっとしてたけど、どしたの？　なんかあった？」

わたしが時計を見ると、十二時五十七分で、また大量の紙をシュレッダーにかける時間が始まろうとしていた。

「……最近、もう仕事どころじゃないんだよね。全然身に入らないってか。さっき怒らせたチリコに言うのはちょっと迷うんだけど」

わたしは小声でチリコの耳に囁いた。

「わたし、胃の中に水族館作ってるの」

チリコは、は？　という顔でわたしを見つめた。

「今度、彼氏と一緒に来て。それを見たら、ちょっとエロい気持ちになって、もしかしたらレスがなくなるかもしれない。メインの水族館だけじゃなくて、ショーとか、お触りコーナーとかも、準備中なの」

「……どういうこと？　魚がいる……ってこと？」

わたしは首をゆるゆるとふった。

「ううん、魚じゃない。精子。さとるっちの精子飲んだやつを、子どもとか、その親に展示してんの。入場料、今だけ大人二百二十円で、安いんだけど、今後人気になってきたらつりあげていくつもり。で、わたしはこの精子水族館で儲けて、派遣奴隷から抜け出す。入場料安いうちに来て」

「……まみっちゃんってさあ、時々こういうのブッこんでくるから変人って言われるんだって。

もし仮に、仮にだよ？　ひとの精子見たところでレスはなおんないって！　ってかさぁ、さとるっちを大事にしなよぉ……。他の男だったらまみっちゃん、無理だよ。まみっちゃんについていけないよ」
わたしはチリコに精子水族館のことを打ち明けたことを心底後悔した。マジでチリコはしょうもない女だなと思った。だから七年間もレスなんだって！　とわたしは絶叫しそうになった。もう何があっても、向こうから来たいと言われても、チリコとそのくだらない彼氏は精子水族館に入れてやるまい。

死んだ日でなんの書類だかよくわからない書類をシュレッダーにかけていると、定時の五時になったから、わたしは急いで荷物をまとめて、会社を飛び出した。今日の夜は精子の調教という一大任務があるのだ。精子の輪くぐりとか、いいんじゃないかなあ？　わたしはさとるっちの精子がぴゅんぴゅん輪を飛び越えていく様子を妄想して、異常なほどの幸福感に包まれた。それでまた帰り道ダイソーに寄って、縁日で使われる子ども用の輪投げを買った。そしてスーパーで、高タンパク低カロリーのささみのほぐし（これはサラダの上に乗せる）と、豚肉のロース（これは焼いてメインディッシュにする）を買って帰った。月末でお金がなかったけど、

「精子水族館で元を取れるよう頑張っていこう！」

と道のど真ん中で絶叫したから街行く人々に変な目で見られた。


「……まみっちゃん。今日のご飯さあ、なんでこんな豪勢なの？　なんかあった？　いつも、スーパーの総菜とご飯じゃん」

わたしはさとるっちの少し滑舌の悪い喋り方がとんでもなく好きだ。きょーのごはんしゃあ、なんでこんなごーせーなの、特に、なんくぁあった、のなん「か」の「か」の言い方が、舌ったらずで可愛い。いつもすーぱーのそーらいとごひゃんじゃん。

「さとるっちに一大プロジェクトがかかってるから」

「……また変なこと考えてる？　前、子ども二百人作りたいって叫んでたけど、またそういう躁の波が来てんの？」

「違うよ。今度はもっと真面目なプロジェクトだから」

さとるっちはちょっと首を傾げたあと、整った顔で、ん。んん。と頷いて、それ以上何も聞かなかった。わたしはそういう、余計なことを聞かないで受け止めてくれるさとるっちのことを何よりも愛していて、だからこそこの精子水族館をなんとしてでも成功させなければならないと思っていた。さとるっちは新米の小学生の先生だから、わたしのやろうとしている正しき性教育（?）をいつか理解してくれるだろう。

中世ヨーロッパ風の謎の牢獄の中に閉じ込められた主人公のレズビアンが、次々に襲いかかってくるゾンビを掻っ捌いたあとパートナーのレズビアンとベロチューするという謎のゲームを始めそうになったさとるっちをわたしはベランダに呼び出した。このゲームを始めると、さとるっちは数時間現実世界に戻ってこない。

わたしたちの住んでいる八階のワンルームからは国会議事堂やら、スカイツリーやら、東京といえばコレ、みたいな建築物が遠くからではあるけれど一望できるようになっている。いいちこの入ったグラスをさとるっちに渡しながら、わたしは言った。

「さっきの真面目なプロジェクトの話なんだけど」

真夏の風が生ぬるく湿っている。

「うん、あ、教えてくれるんだ」

「いや、……」

ド派手なデコトラがびゅんびゅん環七を爆走している。さとるっちとわたしは排気ガスを浴びながらそれを一緒に見ている。

「歴代の彼女で、さとるっちの精子を毎回飲み干す女、いた？」

さとるっちはいいちこをちょっと吹き出しそうになりながら笑って、

「ごめん、いつも飲んでくれてるけど、もしかして苦い？」

わたしは首をぶんぶん振った。

「いや、わたしが知りたいのは、過去、さとるっちの精子を全部飲み干す女がいたかってこと」

「うーん……いないなあ。いないい。そもそもあんま飲むひといないでしょ。まみっちゃんだけかな」

わたしはその場で「おっしゃー！」と叫び、リビングから『ＹＥＳ』枕を持ってきて、さとるっちの胸にバシバシ押しつけた。これで精子水族館を作り上げた女は、さとるっち史上わたしのみということになる。その事実がとてつもなく嬉しかったのだ。

すると、さとるっちは顔をゆるく崩しながら言った。

「そんな言わなくても。毎日してるじゃん。それでも足りないですか？」

その瞬間、わたしは思いっきり赤面してしまった。ヤバい。好き好き好き。そしてさとるっちに抱きついて、そのフェロモンだらけの首筋にたくさんキスをした。

でもわたしは知っていた。さとるっちが職場の年上の女性教師と不倫してること。その女の番号もさとるっちのスマホを見て、控えてある。その女の旦那も同じ小学校で働いていることも、フェイスブックで確認済みだ。精子水族館は、今やわたしの人生を覆い尽くそうとしていた。だから、明日の夜、決着をつけてこようと思った。殺してやりたかったが、さとるっちと今セックスできなくなったら困るし、今の関係も崩したくない。でもこのまま放っておいて、もしその女がさとるっちの精子を飲み干したとしたら？　わたしはそう考えるだけで自害するか否やと真剣に悩むほどになっていた。それぐらい精子水族館に依存していた。


わたしは会社の昼休み、急いで弁当を食べてしまったあと屋上に出てその女に電話をかけた。

「もしもし」

「……あの、どちら様ですか？」

この女はモテる、とわたしは確証した。声がどことなくエロい感じの響きを持っている。

「山下まみと言います。竹田悟の彼女です。あの、不倫されてますよね。今日の夜八時、環七通りの喫茶店『バンバール』に来てください。来なかったらあんたの旦那に言いますよ」

少しずつわたしの口調は荒くなっていて、脅迫じみていた。

「お願いですから旦那には」

「言われたくなかったら現金包んで持ってこいや、そして店に来いっつーの！　ってかどうせあんたがそそのかしたんでしょ⁉　知らんけど！」

「わかりました、わかりました」

「じゃあ八時に」

わたしはそう吐き捨て、電話を切った。そしてさとるっちに「今日は遅くなるから先に晩御飯食べてて♡」とＬＩＮＥした。


わたしが定時で上がると八時まで暇なので、珍しく残業して帰った。そして店に着くと女がもういて、さとるっちまでいた。

「なんでさとるっちがいんのよ」

「いえ、私が彼女さんが怒ってるから一緒に謝ろうと伝えたんです」

「怒ってるって……当たり前っしょ。つーか、あんたら二人はもう関係切るってことでいいですよね？」

わたしはウェイターにホットで、と伝え、ヒールでガンとテーブルを蹴った。女とさとるっちの飲み物が少し溢れ、女が困ったようにおしぼりでそれを拭いた。フェイスブックの写真で見たように女は華奢で、長い黒髪で、しんなりとして、でも性欲はあるからさとるっちに手を出したんだろうなとわたしは勝手に思った。

「あんたが手を出したんですよね」

するとさとるっちが、

「まみっちゃん、ほんとごめん。成り行きで、そういうことになっちゃって……」

「テメエは黙ってろっつーの」

「はい。私が誘ったのがいけなかったんです」

「おい。現金いくら持ってきた？　旦那に言うぞコラ」

女は少し分厚い封筒をわたしに手渡した。

「これで勘弁してください」

わたしはその場で札束を数えた。五十万入っていた。正直二十万ぐらいだと思ってたから、嬉しい誤算だ。

「……金はこれでいいです。で、二度とさとるっちと寝ないって約束してくれますよね」

「はい、もう、それはもちろん」

「で、質問なんですが」

わたしはぐい、と身を乗り出して言った。

「あんた、さとるっちの精子飲み干してないですよね？」

「精子を飲み干す……？」

女は心底よくわからないという顔でわたしを見つめたので、わたしは猛烈に苛立ち、再びヒールでテーブルを蹴った。

「あの。わたしさとるっちの精子を飲み干して胃の中で精子水族館作ってるんです。入場料も取ってます。これはわたしだけのものなので。念の為の確認です。あんたも精子水族館作ってないですよね？」

女とさとるっちは目を見合わせた。それから女は小声で怯えたように言った。

「作ってません。私にはそれが何かもわかりません」

「よし！　いいでしょう！　もう旦那にも言いませんし、これで話は終わりです」

ちょうどウェイターがホットコーヒーを持ってきたけど、わたしは席を立ち上がり、さとるっちの腕を取った。

なんやかんやあったけど、わたしとさとるっちはセックスしたら元通りの関係に戻った。別に若い男が不倫するなんてよくあることだ。さとるっちも一方的にわたしを傷つけたからか、土下座して謝った。もうそれでオーケー。

さとるっちが果てて寝てしまったあと、胃の下へ降りていくと『ぽっちゃん』の友達と思われる子どもたちがわらわらと集まっていて、急いでわたしは受付をしなければならなかった。精子お触りコーナーの準備をしていて本当に良かった。と思いながら、わたしはぽっちゃんに話しかけた。

「友達、たくさん連れてきてくれたんだ。ありがとう。まだ準備できてないんだけど、年間パスポート、そのうち準備するからね」

「うん。楽しみにしてる。毎日来るよ。それで、ここのことをクラスの皆に言ったらすぐに行こうって盛り上がったんだ。でね、お姉さん、今日、ぼく、『決めなきゃ』いけないいんだ」

そう言って、ぽっちゃんは精子水族館を惚けた目で見つめている三つ編みの女の子を指さした。ぽっちゃんよりはるかに背が高くて、鼻筋のスッと通ったお人形さんみたいな顔立ちの女の子だった。

「ぽっちゃん、女選びのセンスいいな！」

「やめてよお姉さん、声がデカいよ……」

「あ、ごめん……。ちなみにあの子の名前、なんて言うの」

「カオルコちゃん」

「名前までセンスいいな！」

「やめてよお姉さん、声がデカいよ……」

わたしは素晴らしきボーイ・ミーツ・ガールの舞台が自分の作り上げた精子水族館であることに、何よりも興奮していた。

「オーケー、ぽっちゃん。お姉さんに任しといて。今日はお触りコーナー、準備してあるから」

輪くぐりショーは成功するかわからなかったので、まずわたしは子どもたちをお触りコーナーのビニールプールに連れて行った。そして、ガムテープで塞いでいた胃の穴をべりっと破り、昼やったようにポンプを通じて精子たちをビニールプールに入れていった。子どもたちは純粋だから、わたしの望むようなリアクションを取ってくれた。何これ、うわわちょっとヌルっとしてる！　でも思ったより小さい……。ビニールプールの側にどかっと座り込んでいる、ぽっちゃんの数倍も体の大きい男の子が言った。

「あの、すみません。お姉さん。これ、噛まないですか？　大丈夫ですか？」

元気のいい声だった。男の排泄物であり本来ならきったねー精子の話をしているとはとても思えなくて、わたしは笑いそうになった。

「噛みません。大丈夫です。優しく、触ってあげてください」

わたしは館長らしく言ってのけた。

おそるおそる子どもたちはビニールプールの中に手を入れ始めて、わあ、とかうお、とか言い始めた。ぽっちゃんとカオルコちゃんは笑いながら精子を触っていて、大人のわたしから見てもなかなかいい雰囲気だった。でも、突然事件は起きた。

「あれ……死んでる?」

ひとりの女の子が水族館の中を見て、言った。

突如として精子水族館がざわざわとなり始めた。お触りコーナーに手を突っ込んでいた子たちも精子水族館の底にはらはらと沈んでいく精子たちを見つめていた。マジか。あれだけ質のよいものを食べさせても寿命がここまで短いなんて。でもわたしがスマホで時間を確認すると、深夜三時で、セックスしたのが十二時ぐらいだから、数匹ぐらいは死んでいてもおかしくはなかった。でも子どもたちはこの現象に明らかにビビっていた。だけどわたしはこのネガティヴイメージを子どもたちに植え付けたら本当に客が途絶えてしまうと思ったので、言った。

「はい、もう今日は時間が遅いので閉館と致します。お触りコーナーはお楽しみ頂けましたでしょうか?　明日には輪くぐりショーなどもあるので、奮ってご参加ください。本日は誠にありがとうございました」

ぽっちゃんマジでごめん……！　と思いながら、わたしはどよめいている子どもたちをホレホレ、と家に帰した。


「まみっちゃん、鬼の形相じゃん」

「黙ってて、チリコ」

「それ会社のラミネートだけど、勝手に使っていいの？」

「事務員だからいいんだって」

わたしは必死に子どもたちに渡す年間パスポートをラミネート加工していた。

「あの水族館で使うやつ？」

「あーもう黙っててよチリコ」

たわけた話だと一蹴したくせに、とキレながら、今日のスケジュールをわたしは綿密にイメージした。一応、朝の分の精子は補充してある。でも、さっきトイレに行くと言って胃の中に降りたとき、やっぱり数匹は死んでいた。これぱっかりは仕方のないことだけども、子どもたちは動揺してしまう。ダイレクトに精子が死にゆく中で輪くぐりショーなんかしても、興ざめしてしまうだろう。あと、ぽっちゃんの問題がある。昨日『決めなきゃ』いけなかったのに、大切な機会を奪ってしまった。もう来てくれないかもしれない……と思うと、何もかもがどうでもよくなってくるのだった。

男女それぞれ準備した二十人分の年間パスポートも……。

「あ」

「え？」

「死ぬのは仕方ないとして、死んでも補充し続ければいいんだ。ってかさとるっちを一回連れて行って……」

「今日も相変わらず独り言激しいね。仕事中とかもブツブツ言ってるの、知ってる？」

「チリコ、それ以上言ったら絶交するよ」

わたしは汚い金髪を睨みながら言った。チリコはハイハイ、と言いつつ喫煙所へ踊るように向かっていった。


「さとるっちにお話しがあります」

わたしは相変わらずささみのサラダと豚肉ロースを食べさせたあと、さとるっちの肩を掴んで真剣に言った。

「あのう、わたし、最近とある施設を運営してるんだけど……」

「施設を運営」

さとるっちは真顔でわたしを見つめた。

「あ、この前言ってた精子水族館……のこと？」

「その施設が存続の危機なの。その施設のメインターゲットが子どもなんだけど。結構、死にやすい生き物を展示してるから、死ぬとやっぱ子どもたちが動揺しちゃうのね。で、だいたいそれは三時間で死に始める」

「はい」

「で、今日バカのわたしなりに考えたところ、死んでも死んでも補充し続ければいいんだってことになって」

「……まみっちゃんは一体何を展示してるの？　僕の精子を毎回飲み干してるのと関係あるよね？」

わたしはいいちこをぐば、と飲み干した。

「さとるっちの精子を展示してる」

「……今日改めて聞くとパーリラリーって感じだね」

「いや、もうわたしとしては客が来なくなると思うともうパーリラリーって感じじゃなくて、バースコスコドーンって感じなの」

さとるっちはしばらく考え込んだあと、

「……もう絶対浮気もしないから。なんか僕にできることある?」

と言った。

「精子水族館に精子を補充し続けること」

「なるほど」

「来て」

わたしはさとるっちの腕を掴んで、胃の中に降りて行った。


昨日の動揺が激しかったのか、まだ時間が早いのか、精子水族館には誰もいなかった。

わたしは精子水族館のメイン水槽やお触りコーナー、輪くぐりショーを案内しながら、ぽっちゃんとカオルコちゃんのことを話した。

「……これが僕の精子かー」

さとるっちはぽけーっとしながら言った。

「そうだよ。この前、誰もさとるっちの精子飲み干した女いないって言ったでしょ? あの女にも聞いたし。だからわたしが初めてさとるっちの精子水族館を作り上げたことになるんだよ！子どもたちには年間パスポートとかも用意してるんだよ」

「精子水族館を作ろうとする、っていうか……そういうことを考えるひともあんまいないと思うけど……」

「今、そういうマトモな言説はいいの。見てこれ。これは全て、百パーセント、さとるっちの精子で成り立っています。あ、今日はかなり死んでる……」

わたしは水槽に手を這わせながら崩れ落ちそうになった。まだ夕食後にしてないから、朝のまんまだった。大半の精子がはらりと底に沈んでいた。

「だめだ。今日、こんな状態で開館できないよ。今日は閉館にしなきゃ」

と半泣きで言うと、さとるっちが、

「待って」

と言った。

「……要するに、今日ひとが来るか来ないかは置いておいても、この水族館に新しい精子を補充すればいい話だよね」

「そうだけど……こんな話したあとじゃ、色気もへったくれもないじゃん。だって、『愛してるから』毎日してるのに、この精子水族館のためにしてるみたいな感じが、どうしてもしちゃうじゃん。実際最近はそんな薄汚い気持ちがあったのは事実だけどさあ、」

「全然。全然気にしてないよ。だってこの水族館を作ろうと思ったのも愛ゆえでしょう？　で、それを広めたいと思ったのも愛ゆえでしょう？　僕にここの年間パスポートくれたら、大丈夫、です、うん」

「一生ついていきます！　つーか次浮気したらマジで刺すからね」

「絶対しないから」

わたしたちは、梯子を登っていった。そしてその日さとるっちは超頑張ってくれて、新人教師としては最大の見せ場でもある保護者参観が明日あるというのに、三回戦までしてくれたのだった。


終わったあと、ドキドキしながらさとるっちと梯子を下りていくと、昨日よりも多くの子どもたちが精子水族館を埋め尽くしていた。水族館の中にいる精子もさっき放出されたからかとても活きがよくて、飛び回るように泳いでいた。わたしはさとるっちに抱き着きたい気持ちを抑えて、受付をした。年間パスポートを買う子どもがほとんどで、その日だけラミネート器具を勝手に使わせてくれた会社に感謝した。ぽっちゃんも来ていた。

「ぽっちゃん……」

ぽっちゃんの目は潤んでいたけど……。

「でもお姉さん、約束してくれたもんね」

わたしはつるつるのぽっちゃんの頬を優しく撫でた。カオルコちゃんも来ていた。今日はポニーテールだった。本当に子役だと言われてもおかしくないぐらいカオルコちゃんは美しい顔立ちをしていた。

「任しといて。今日こそ裏切らない」

わたしとぽっちゃんは、最初の日、精子水族館でぽっちゃんのお父さんとしたように固い握手を交わした。


さとるっちは一番後ろで子どもの相手をしているわたしを見ていた。

「昨日はお触りコーナーで楽しんでもらいましたが、今日はショーがあります」

わたしがそう言うと、拍手が起きた。割れんばかりの拍手だった。小声でぽっちゃんに「この人数どこから連れてきたの」と聞くと、ぽっちゃんの学校の文化祭に来てくれた他校の子に、LINEのグループチャットを使って知らしめてくれたらしかった。Twitterで広告を一から打とうとしていたわたしは自分を恥じた。やっぱり強力な人物が知り合い引っ張ってくれるのが一番だねって。

それから、わたしは精子の輪くぐりショーの準備に取り掛かった。ストレスであいた胃の穴を塞いでいたガムテープをびりりりと破いて、近くにビニールプールを限界まで寄せて、そこに輪っかを近づけるとさとるっちの精子がびゅんびゅんその輪の中をくぐっていった。さとるっちは後ろで大笑いしていたし、子どもたちもきゃあきゃあ騒いでいたし、わたしは自分の胃の痛みなんか気にならなかった。わたしは本気で派遣奴隷を辞める未来を妄想した。すると、脇でショーを見ていたぽっちゃんがカオルコちゃんの頬にチューしているのを見てしまった。わたしはもうウキウキしてしまって、全ての供給源であるさとるっちに感謝した。さとるっちのおかげで、今ここに新しいカップルが誕生したんだよ？

こんな幸せなことってない。

カオルコちゃんも、皆も帰ってしまったあと、わたしが精子水族館の後片づけをしていると、さとるっちとぽっちゃんが何やらコソコソ話しているのが聞こえた。

「すみません。カッコいいお兄さんは、あのお姉さんと付き合ってるの？　彼氏さんですか？」

「そうだよ」

「この水族館の『中身』に、もしかして関係ある？」

「……うーん」

　さとるっちは苦笑しながら、ぽっちゃんの唇に長い人差し指をあてて、

「誰にも秘密だよ」と言った。

「関係ある」

「やっぱそうなんだ……。あの、お兄さんにしか言えないんだけど」

「うん」

「ここに来てからすぐ、朝起きたらパンツが濡れてるんだ」

「それはね、ぽっちゃん、大人になったってことだよ。いつか、ぽっちゃんを心底愛してくれるひとが出来たら、ここまで大規模じゃないかもしれないけど、水族館を作ってくれるかもしれないよ」

「ほんと？」

「本当。それは『ぽっちゃんの』だけで出来た水族館。結構、自分で見ると感動しちゃうやつ」

わたしは涙腺が崩壊しそうになったけど、聞こえてないフリをして掃除を続けた。

目覚ましが鳴った。朝五時三〇分だ。新米の先生の授業参観だから、いつもより三十分早く起きて準備しなければならない。さとるっちはいつもだったらガバッと飛び起きるのに、よだれを垂らしながらすやすや寝ていた。昨日頑張りすぎてくれたんだ。だから、わたしはお弁当が出来たら起こしてあげようと思って、目覚ましを静かに止め、台所へ立った。そして、今日だけは精子水族館は閉館にしてあげようと思ったのだった。

# 殺人の季節

ここはド田舎だから、と言って、仕事を辞めた親父が自分で作った改造銃でカラスを撃ち落とすのを趣味にし始めた。

「またお父さん、こんなに撃ち落としてどうするのよ……ご近所さんにも変な目で見られてるんだから！」

姉は父のやっていた肉屋を引き継いで、肉を延々と捌いて切り盛りしているのだが、一日に何度も響き渡る銃声が、気に障って仕方ないらしい。おれはなぜかその音が気にならなかった。むしろ、幻聴が気にならなくなって、愉快なぐらいだった。カラスはばたばた落ちてくる。おれはというと、そのカラスの死体の羽をむしってから捌き、庭で焼いて灰にするのが一日の日課になった。

「お母さんも！　早くカレーライス食べちゃってよ、もう冷えちゃったらまったく意味ないんだってば！　初日のカレールーっていうのはね、熱いから意味あるんだから！」

姉はなんにでも意味を求めたがるが、親父とおれは意味を求めない。母親はボケ始めている。

おれの幻聴が酷くなったのは、昔東京でまだ仕事をしていたときだ。当時付き合っていた彼女がおれのことを詐欺師と罵ってからこうなって、障害年金を貰って実家に戻った。

おれはまあほとんど詐欺に近しいというか、れっきとした詐欺グループの一員だったので、彼女にはっ倒されて、急におれの仕事のせいで自殺した老人たちの鳴き声やうめき声が脳内をかき乱すようになった。おれは彼女に自分の仕事を話していなかったのだが、彼女がおれのスマホの業務用チャットを見て察したのだ。

「……どういうこと、これ」

「仕事だけど」

彼女は口紅を丁寧に塗り始めた。

「お前にそういうプレゼントを買ったり贅沢させたりする金を富裕層のババアジジイからほんのちょっと貰ってるだけさ」

彼女は荷物をまとめて出て行った。

警察にチクられる可能性があったので、おれは彼女をグループに引き渡して、自分の小指を詰めて謝罪して、足を洗った。

そして実家に戻ると、親父はカラスを撃ち落とし始めた。

その改造銃はいつ暴発するかわからない。

夜八時ぐらいにいつもの飲み屋に行くと、よく話し相手になってくれていたヤスさんという老人が脳梗塞で死んだと聞かされた。

おれは途端につまらなくなって、早々と家に帰った。

「姉貴、あのさ、ヤス……」

「あんたまた酒飲んでたの？　いい加減にしてよ。わたし今からちょっと出かけるから」

姉は派手なワンピースを身に着け、化粧をしていた。

「なに、男？」

「悪い？」

「いや別に……」

「今度から夜も働くことにしたの。雅子さんのとこのスナックで」

「おれが行ったら安くしてくれんの？」

「……あんたさ、なに？　障害年金家に入れてなかったら、あんたのことお父さんの銃で撃ってたわ」


「お前。カラス、撃ってみないか」

おれがライターを庭に埋めてから寝巻きに着替えているときに父親が改造銃をおれに差し出してきた。

「おれも？」

「お前もっていうか、なんかなあ。今打ち落としたカラスが三本足だったんだよ。その瞬間に俺、なんか可哀想だなあと思っちまってな。障害だよ障害。生まれつきのもんだ。でもなんでそのカラスが三本足だっていうと、ある仮説を考えたんだよ。神様、いや、神様とは言わないな、それなりに偉いやつが、そのカラスの足をもぎ取って、恵まれない誰かにやったんだよ」

「やたがらすってやつだろ」

「やたがらすって可哀想じゃないかお前」

「これまで親父は何羽撃ち落とした？」

「……そんなの覚えてねえよ」

「だったらカラスが三本足でも四本足でも関係ないだろ。障害だろうが障害じゃなかろうが関係ないだろ」

「俺、撃ち落とすの辞めようかなあ」

「なに言ってんだか」

「でもな、完全に辞めるのはスカッとしないんだ。だからお前にパスをな、パスをしようとしてるんだ」

おれは笑って、改造銃を親父から受け取った。

その瞬間、姉が取り乱して戻ってきた。

「雅子さんのスナック、燃えてる！」

「おい、消防団呼べ消防団！　早く！」

親父は半狂乱になって叫んだ。おれは埋めたての土を踏んでならした。そのとき、視線を感じて振り返ると、母親が縁側に座って、こちらをにこにこしながら見ていた。

「お母さん知ってるわよ。また成績の悪い答案用紙、埋めたんでしょう」


次の日テレビで観たところによると、その火事のせいで、スナックで飲んでたジジイどもは三人が重症、その他二人が死亡を確認されたそうだ。そしてそのスナックの中で雅子さんの服を着た男の焼死体が発見されたらしい。

おれはそれからカラスを撃ち落とし始めた。いつかこの銃が暴発する。そうなればいいと願っている。

# 解説

映画監督　佐藤佐吉

ある日Twitter（現：X）に『いきなり失礼いたします』から始まるＤＭが届いた。

送り主は一年ほど前に相互フォローさせていただいた方だった。

『佐藤様のお仕事をお邪魔してしまうのは確実なのですが、なにとぞ佐藤様に帯文と解説をお願いできないかと考えております』

牧野楠葉という広告代理店を起業しつつ小説を書いている女性だった。

最初は牧野さんからのフォローだった。なぜ彼女が私をフォローしてくれたのかはわからなかったが、ざっくり彼女のＴＬを眺めるとわりと映画好きな方のようで、ユニークな経歴もさることながら、彼女の発信する本音を隠さない剥き出しのツイートが面白いほど刺激的でこちらもフォローさせていただいたのだったが、ＤＭが送られてきた時点ではまだ面識もなく彼女の著作も未読だった。それに小説の帯文や解説など書いたことがなかったので正直すぐにお引き受けするのは躊躇われた。が、この人が書く小説はどんなものなのだろうかという好奇心と、もし断って別の人に解説を書かれたらきっと悔しいに違いないというこちら側の勝手な葛藤の末、『前向きには検討しますがまずは原稿読ませていただけますか』との返事をした。

ゲラの段階で送られてきた作品は五編の短編からなる小説集。衝撃的な面白さだった。まだ一度も会ったことのない方ではあったが、全ての描写に彼女の実感がこもっているような気がした。おそらくこの小説は１００％牧野楠葉であり一つひとつの文字は全て彼女の血肉と涙で書かれているはずだ。

ただ一点、気になることがあったので一度お会いしてから正式に返事をすることにした。会ったのは千駄ヶ谷のカフェ。ツイッターの画像でお顔だけは拝見していたのだが、初対面の印象は〝肝が据わった人〟という感じで、見た目は二十代という感じではあったがその貫禄から思わず「何歳ですか」と確認してしまったほどだ。

そして気になっていたことを聞いてみた。この衝撃的にまで面白い小説の解説を書くのが

「どうして俺なの？」

彼女は大学で映像を学んでいたほどの相当コアな映画マニアで

「私は佐藤佐吉さんの作品のファンなのです」

ああ、こんな若き才能ある作家に佐藤佐吉のファンなどと言わせてしまった罪の深さと喜びよ。もしかすると私は直接この言葉を聞きたくて彼女と会いたいと思ったのかもしれない。

ということで、もう断る理由も無くなったので依頼をお引き受けさせていただいた。

『ローレン　意味のない記号の詩』


まずはこの短編集の表題ともなっているこの作品。

『若者』と書いて生きづらいと読んでもいいほど若き日は生きづらい。もちろん五十を過ぎたおっさんの私でもいまだ生きづらさは感じているが、しんどいと思ったら逃げればいいと知っている分だけ気は楽だ。しかし若き日はどうしてどこにも逃げられないと思ってしまうのだろうか。

個人的なことになってしまうが、少年時代の目標は『人並み』だった。人並みな思考、人並みな人間関係、人並みな身体能力。私の場合そのどれもが欠如していた。どうすれば自分を世の中やみんなに合わせることができるのかと苦悶していた。

そんな時に村上龍氏の著作『コインロッカー・ベイビーズ』と偶然出会った。親に無理やりやらされていた進研ゼミの別冊付録書評欄に「とにかくショックを受けた」と紹介されていて、読書でそのような経験のなかった私は同じような衝動を受けてみたくなりすぐに近くの本屋へと走った。

まさにショックだった。クソ面白くない世の中なんてぶっ壊してしまえとそこには書かれていた。書評を書いた人とはもしかすると違うショックだったかもしれないが、世の中に合わせることばかりに四苦八苦していた自分にとっては衝撃的な内容だった。

話はずれたが『ローレン　意味のない～』の中学生の主人公は当時の私のような平々凡々とした日常の息苦しさとは比べようのない生きづらさに包囲されている。サイコパスな両親からの暴力と的外れなグルーミング、学校の不良グループからの日常的ないじめと暴行、そして唯一の味方であり初恋の相手だった少女は彼らにレイプまでされてしまう。

しかし彼にはそんな苦しみだけの世界から脱け出せるかもしれない方法があった。美術科のある高校への進学だった。絵を描くことだけが彼にとって唯一の救いであり希望だった。ところが担任の教師からその学科が来年からなくなり募集が中止されることを知らされ希望への道が閉ざされる。さらにはそのタイミングで、ある連続殺人犯（座間九人殺害事件の犯人がモデル）がネット上で公開したものの、途中で中断されていた手記『ローレン』の「続きが読みたいからどうにかしろ」との無理難題を不良グループのリーダーから突きつけられる。

あらゆる殺人犯に関する研究書を読み酒鬼薔薇聖斗を崇拝していた主人公にとって、手記『ローレン』の内容は物足りなさを感じさせるものではあったが、自分への暴力の停止とレイプされた少女への謝罪を条件に彼は「何とかする」と承諾する。

ところが不可能とも思える難題に挑戦しようとすることによって彼にあるスイッチが入り、リストラされてホームレスになりかけていた男を自分の保護者に仕立て殺人犯との面会を果たす。そして殺人犯から発せられる殺人哲学に主人公は共鳴するが、手記の続きを書くことは断られてしまう。しかし殺人犯から君が「その続きを書けばいい。君ならそれくらいできるだろう」と提案される。主人公は神の啓示が如くその言葉を受け止めてしまう。そうだ自分が書けばいいのだと。

絵を描く代わりに殺人犯になりすまし手記を書くことが彼の生きる希望となっていく。しかし皮肉なことにレイプされた初恋の少女は不良グループリーダーの女となり、さらには『ローレン』を書いていたのは殺人犯ではなく別人の成り済ましだったことを知る。

しかし逆にその事実は結果的に主人公をあらゆる現実や束縛から解き放つことになる。沸々と沸き起こってくる笑いと共に持っていたナイフで不良たちを次々と殺害し自分を裏切った初恋の女性を滅多刺し。さらに死姦。

そこに至ってようやく彼はクソ面白くもない世の中をぶっ壊し心の自由を得る。それこそが彼が求めていたものだったのだ。ただし彼自身も連続殺人犯にはなってしまったが。

ちなみに私はといえば、映画を作ることによってちまちまと世の中をぶっ壊そうとはしているが未だ果たせずである。

『彼女は二度』

自殺した恋人のセックスロボットを注文した男。その時点で既に物語的死亡フラグ（最後は主人公がロボット破棄するとか送り返すとか）が立ったみたいなものだが、意外というかこの作品は画期的展開を見せてくれる。実はセックスロボットには発展途上の自我があり、この物語はその内面に深く分け入っていく。その描写にはとてつもなく説得力があり、彼女がさらに自己を確立していくことによって結果的には主人公を再び絶望させ逆に彼を死に追いやる。

おそらく人間だった彼女が自殺していなかったとしても、この男に用意されていたのはどの道死だったのだ。ロボットの最後の行動は切ないがどこか不思議な希望を感じさせる。

『宇多田ヒカルなら簡単に歌にできたようなもの』

今回の短編集は全て最高に面白かったが、もし私が映像化させてもらえるのだとしたら直感的にこの作品だと思った。

果たしてどんな映画になるだろう？　成瀬巳喜男監督の『浮雲』？　ジャン＝ジャック・ベネックス監督の『ベティ・ブルー』？　それとも溝口健二監督の『近松物語』？

もし映画化できそうだとしても果たしてこの『宇多田ヒカルなら〜』のタイトルが使えるかどうかは微妙なところだろう。仮にもしこのタイトルが使えなかったとしたら……私なら『待ってる』というタイトルをつけさせてもらうかもしれない。

ともかく生きる場所を失った女と男の果てを映画で描けると思った。そういう物語だった。そこには生に対しての根源的な問いかけもある。

なぜ人は生きなければならないのか。

この物語もまた生きるということが苛烈なまでに困難な人たちを描いている。死を前提としている主人公はここぞというタイミングを模索している。自死のチャンスを窺っている。しかし彼女はそのタイミングを他者からの救済によってことごとく逸してしまう。物語の最後では愛する者たちを全て失い彼女だけが生き残ってしまう。しかしそこには喪失感というよりも、なおも苛烈な人生を求め、生きることを受け入れていこうとする意志のようなものすら感じさせる。

ちなみに自説ではあるが、宇多田ヒカルさんはその歌のほとんどを母親である藤圭子さんを思って作ったのではないかという仮説。そうすると私の中では歌詞にしてもメロディにしても妙に腑に落ちるものがあるのだ。
そんな彼女が簡単に歌にできるものとは果たしてどんな世界観か。つまりそこには皮肉ではなく作者（牧野楠葉）の大いなる謙遜が込められていると思う。おそらく作者も宇多田ヒカルの歌にある種の死生観を感じているはずで、この物語もその文脈に類するものだという自覚があったのではないか。宇多田ヒカルさんでもこの物語はそう簡単に歌にはできないはずである。

『精子水族館』

もしかするとこの小説が短編集の中で最もクレイジーな作品なのかもしれない。
実はかつて私も学生時代《精子水族館》を後輩に見せられたことがあった。その水族館はこの小説に出てくるような大規模で夢のあるものではなく、今はまず見ることのなくなったコカコーラのやや緑色をした1リットル瓶で、その中に半分ぐらいその物体が貯められていた。それが彼の貯め込んだ精子だと教えられた瞬間（半ばそうではないかと予測していたが）本気で吐きそうになり、その瓶ごと捨ててしまいたくなったが後輩が「全部貯めるまで待ってください」と懇願するので思いとどまった。

どういう哲学で彼がそれを貯め込もうと思ったのか聞く気力もなかったが、おそらくこの小説の主人公とは違う理由ではあったろう（もしかすると根源的には通じるものがあったのかも）。

この小説がクレイジーなのは主人公の行動にあるのではなく、主人公がおそらく自分の内面世界でしか見えていない精子水族館をさも当たり前に存在するかのように綿密に描写し、我々すらも本当にそれが存在してしまうかのように思い込んでしまうところだ。それこそがこの作者の狙いなのではないだろうか。しかしおそらく作者にはこの精子水族館が実際に見えていると思うのだ。実際に確かめたら「そんなわけないじゃないですか」と笑って否定されるかもしれないが、小説の終盤に描かれる彼女の管理する精子水族館に見学にきた恋人とぽっちゃんのある意味感動的な会話のやりとり、

「ここに来てからすぐ、朝起きたらパンツが濡れてるんだ」

「それはね、ぽっちゃん、大人になったってことだよ。いつか、ぽっちゃんを心底愛してくれるひとが出来たら、ここまで大規模じゃないかもしれないけど、水族館を作ってくれるかもしれないよ」

「ほんと？」

「本当。それは『ぽっちゃんの』だけで出来た水族館。結構、自分で見ると感動しちゃうやつ」

わたしは涙腺が崩壊しそうになったけど、聞こえてないフリをして掃除を続けた。

これはもう彼女が目撃した出来事を綿密に描写したとしか思えず、実際に恋人やぼっちゃんも精子水族館の前に存在していたのだ。

彼女の恋人への愛などというものを超越した人類愛とでもいうべき世界観だ。

余談だが、あのコカコーラ精子水族館を作った後輩はその後無事一リットルまで貯めることができ、念願だった難関某大手新聞社の記者になったことを付け加えておく。おそらく相当な信念の持ち主だったたに違いない。

『殺人の季節』

これでお終い？

スナックの中で雅子さんの服を着た男の焼死体が発見されたらしい。

ってどういうことやねん（笑）！

これじゃ蛇の生殺しや！
いつか必ず長編で復活させてください。

ということで解説なるものはこれにて終わりとさせていただきます。

唐突ではありますが最後に一つ予言。
牧野楠葉は五年以内に間違いなく芥川賞を獲る。
その時はぜひまた解説書かせてくださいね。

牧野楠葉（まきの・くずは）
小説家、詩人。
代表作に第一短編集『フェイク広告の巨匠』（2021年、幻冬舎）、第一詩集に『アンドレ・バザンの明るい窓』（2022年、七月堂）がある。
広告代理店の社長を務める傍ら、文筆業に従事。双極性障害Ｉ型、ASD。

ローレン　意味のない記号の詩
2023年11月22日　　第1刷発行

著　者――― 牧野楠葉
編集協力――― 阿部哲
発　行――― 日本橋出版
〒103-0023　東京都中央区日本橋本町2-3-15
https://nihonbashi-pub.co.jp/
電話／03-6273-2638
発　売――― 星雲社（共同出版社・流通責任出版社）
〒112-0005　東京都文京区水道1-3-30
電話／03-3868-3275
© Kuzuha Makino Printed in Japan
ISBN 978-4-434-32936-4
落丁・乱丁本はお手数ですが小社までお送りください。
送料小社負担にてお取替えさせていただきます。
本書の無断転載・複製を禁じます。